AF307833

**Claudia Romes** wurde 1984 als Kind eines belgischen Malers in Bonn geboren. Sie war schon immer eine begeisterte Leserin und liebte es, in fremde Welten einzutauchen. Mit neun Jahren begann sie, ihre eigenen Geschichten zu erzählen und fasste den Entschluss, eines Tages Schriftstellerin zu werden. Heute lebt die Autorin mit ihrem Mann und ihren zwei Kindern in der Vulkaneifel.

CLAUDIA
ROMES

# DAS Geheimnis VON POLLARD CREEK

Überarbeitete Neuausgabe Januar 2023

Copyright © 2023 dp Verlag, ein Imprint der
dp DIGITAL PUBLISHERS GmbH
Made in Stuttgart with ♥
Alle Rechte vorbehalten

*Das Geheimnis von Pollard Creek*

ISBN 978-3-98778-217-6
E-Book-ISBN 978-3-98778-060-8

Copyright © 2019, dp Verlag,
ein Imprint der dp DIGITAL PUBLISHERS GmbH
Dies ist eine überarbeitete Neuausgabe
des bereits 2019 bei dp Verlag, ein Imprint
der dp DIGITAL PUBLISHERS GmbH erschienenen Titels
Das Erbe von Pollard Creek (ISBN: 978-3-96087-675-5).

Covergestaltung: Herzkontur – Buchcover & Mediendesign
Umschlaggestaltung: ARTC.ore Design
Unter Verwendung von Abbildungen von
shutterstock.com: © Art Stocker, © Aleh Alisevich, © Ronnie Chua,
© GaudiLab, © GaudiLab
Lektorat: Katrin Gönnewig
Satz: dp DIGITAL PUBLISHERS GmbH
Druck und Bindung: Books on Demand GmbH, Norderstedt

*Es ist nicht zu wenig Zeit, die wir haben,
sondern es ist zu viel Zeit, die wir nicht nutzen.*

*Lucius Annaeus Seneca*

# Vorwort

Oft braucht es ein ganzes Leben, bevor wir verstehen, wie wertvoll ein einziger Augenblick sein kann.
Viele von uns verbringen ihre Zeit mit Warten. Warten auf die Beförderung, auf den richtigen Moment, um Verwandte zu besuchen oder endlich die lange geplante Reise zum Sehnsuchtsort anzutreten. Wir warten darauf, uns frei fühlen zu dürfen – losgelöst von Verpflichtungen, Erwartungen und dem gesellschaftlichen Druck. Wir eifern Idealen nach, versuchen, es anderen recht zu machen, und vergessen uns selbst dabei. Vergessen, dass es unsere Entscheidungen sind, die uns abhalten, zu tun, was wir tun wollen und uns zu nehmen, was wir brauchen. Trotz der Offensichtlichkeit blenden wir das Missverhältnis zwischen Möglichkeiten und Zeit aus. Denn obwohl unser Leben voller Chancen steckt, ist unsere Zeit sie wahrzunehmen, begrenzt. Eine Tatsache, die uns motivieren sollte, jede Sekunde zu nutzen und so viele Augenblicke wie nur möglich, mit den Menschen zu sammeln, die unsere Herzen am meisten berühren. Marie von Ebner-Eschenbach drückte sich einmal so aus:

*Wenn die Zeit kommt, in der man könnte, ist die vo-*
*rüber, in der man kann.*

Irgendwann ist es zu spät, zu reisen, den besonderen Menschen zu finden und ihn festzuhalten oder Verwandte ein letztes Mal zu sehen. Jener Gedanke war es, der dieser Geschichte vorausging. Er entzündete den Funken, erschuf die Figuren in diesem Buch, brachte sie nach Kanada – einem meiner persönlichen Sehnsuchtsorte. Vielleicht UND hoffentlich findet sich der eine oder andere von euch dort wieder.

Claudia Romes

# Kapitel 1

Der kalte Dezemberwind blies mir das Haar ins Gesicht. Ich wickelte mir meinen blauen Wollschal enger um den Hals und schlug den Mantelkragen hoch. Das Taxi, das mich abgesetzt hatte, war längst davongerauscht. Die Umstände meines Besuchs drängten sich mir auf, und mich überkam eine Gänsehaut, die mich in der Einfahrt stehend erstarren ließ. Wehmütig überblickte ich Pollard Creek. Die alte Farm mit dem schneebedeckten Dach, davor die breite Holzveranda, die rundherum verlief. Der wolkenverhangene Himmel darüber tauchte alles in ein tristes Grau. Sicher würde neuer Schneefall nicht mehr lange auf sich warten lassen. Die kanadischen Winter waren hart und lang. Temperaturen von minus zwanzig Grad waren da keine Seltenheit. Der Schnee, der sich zu den Seiten der Auffahrt zum Haus befand, war nicht weniger als einen halben Meter hoch. Seine pulverig-glitzernde Oberfläche verriet, dass er erst wenige Stunden alt war. Jemand hatte ihn aufgetürmt, um die Einfahrt befahrbar zu machen. Meinetwegen?

Es fiel mir schwer zu glauben, dass ich diesmal von niemandem erwartet wurde. Zwölf Jahre waren seit meinem letzten Besuch vergangen. Hätte ich zu der Zeit gewusst, was die Zukunft bringen würde, wäre ich nicht im Streit mit Tante Christa auseinandergegangen. Vermutlich hätte ich Kelowna im traumhaften Okanagan Valley sogar nie verlassen.

Jetzt war ich an einen Ort zurückgekehrt, in dem ich mich wie eine Fremde fühlte. Die vorherrschende Stille war kaum zu ertragen.

„Jetzt nur keine Panik", sprach ich mir Mut zu, als ich merkte, dass mir schwindelig wurde. Ich nahm einen tiefen Atemzug. Der Wind wirbelte den Schnee auf. Wie eine Wolke aus Eis verschleierte er für einen Moment die blaue Hausfassade, und mein Herz fühlte sich furchtbar schwer an. Denn unvermittelt wurde ich daran erinnert, wie es war, als ich die Ranch im Alter von sechzehn Jahren zum ersten Mal betreten hatte. Meine Mutter und mein Stiefvater hatten mich damals hergeschickt, in der Hoffnung, ein Aufenthalt in der Abgeschiedenheit Kanadas würde mir meine rebellische Art austreiben. Ich hatte nie viel von Regeln gehalten, hatte die Schule geschwänzt, gegenüber Lehrern keinen Respekt gezeigt und war von zu Hause ausgerissen, wann immer ich konnte. Ich war ein typisches Problemkind, das sich nicht mit der eigenen Zukunft befasste. Kurz gesagt, ich war anstrengend. Wahrscheinlich hatte Mutter mich deshalb zu ihrer Schwester geschickt, von der sie nie viel gehalten hatte und die für mich eine Fremde gewesen war. Heute beharrte meine Mutter darauf, dass sie sich zu diesem Schritt gezwungen gesehen hatte, weil sie geglaubt hatte, mir würde ein wenig Abstand von Deutschland guttun. In Wahrheit war sie es jedoch gewesen, die Abstand von mir und meinem schlechten Benehmen gebraucht hatte. Das hatte ich zu der Zeit bereits gewusst, es aber nie angesprochen. Fest entschlossen, meiner Tante Christa das Leben zur Hölle zu machen, hatte ich mich meinem Schicksal ergeben. Ich hatte ja nicht ahnen können, dass ich mir an ihr die

Zähne ausbeißen würde. Christa hatte nicht das Geringste mit meiner Mutter gemein. Bei ihr erfuhr ich ein Vertrauen und eine Fürsorge, die mir vollkommen neu waren.

Ich stand immer noch wie angewurzelt in der Einfahrt und sah mich als das junge Mädchen, das ich einst gewesen war. Den Duft von frischem Heu und Christas köstlichen, mit Ahornsirup getränkten Pancakes in der Nase. Ohne dass ich es wollte, wanderte mein Blick an die Stelle, an der sie mich an meinem allerersten Tag auf der Ranch empfangen hatte, auf dem Kopf ihren geliebten beigen Cowboyhut, ihr rotes Dreieckstuch um den Hals. An jenem lauwarmen Junimorgen war ich zum ersten Mal mit Pferden in Berührung gekommen. Erst durch Christa hatte ich deren beruhigende Wirkung kennen- und schätzen gelernt. Jetzt war die Koppel neben dem Haus verwaist. Das Tor stand offen.

Vergeblich versuchte ich das Vertraute an diesem Ort mit allen Sinnen zu erfassen. Nichts hatte mir mehr Geborgenheit geschenkt, als die Gerüche und Geräusche, die auf der Ranch zugegen gewesen waren. Alles, was ich nun wahrnahm, war eine schmerzende Leere.

Während ich auf Christas Nachbarn wartete, der mir die Hausschlüssel überbringen wollte, dachte ich unwillkürlich an die Weihnachtsfeste zurück, die ich hier verbracht hatte. Die Gemütlichkeit der warmen Stube, das festlich geschmückte Haus und die Lebkuchenmänner, die Christa auf der Arbeitsplatte vor dem Küchenfenster verziert hatte. Wie gerne hatte ich sie von der Waldgrenze aus durch das mit bunten Papiersternen gezierte Sprossenfenster dabei beobachtet. Bei der Erinnerung daran flammte ein schwaches Lächeln bei mir auf, das sogleich von der nachfolgenden Wehmut erstickt wurde, die sich einstellte, als mein Blick die nun dunklen, leeren Fenster erfasste. Nichts deutete mehr darauf hin, dass die Ranch einst voller Leben gewesen war. Ein wunderbarer Ort, dem ich viel zu verdanken hatte – genau wie Christa. Erneut füllten sich meine Augen mit Tränen, sodass alles vor ihnen verschwamm.

Ich konnte immer noch nicht glauben, dass meine Tante nicht mehr da war. Für mich war sie ein Vorbild gewesen. Eine Frau, die niemals aufgegeben hatte, ganz egal wie schwierig es auch gewesen war. In den sechziger Jahren war sie allein und planlos von Deutschland hergekommen. Im Wald, der an ihr Grundstück grenzte, hatte sie eine Begegnung mit einem Grizzlybären gehabt, nach der sie entschied, das Okanagan Valley zu ihrer Heimat zu machen. Immer wieder hatte sie mir davon erzählt, wie ihr das riesige Tier direkt in die Augen geblickt hatte, bevor es friedlich weitergezogen war. Später habe sie dann von einem in der Gegend lebenden Inuit-Schamanen erfahren, dass jene Begegnung kein Zufall, sondern von den Naturgeistern vorherbestimmt gewesen war. Laut der kanadischen Ureinwohner kann die Seele eines Menschen wandern und sich in Tieren wiederfinden.

Auch wenn mich die Legenden der Inuit nie so erreichen konnten wie meine Tante, war es dennoch eine schöne Vorstellung, dass ihre Seele weiterlebte.

Die Tränen hatten meine Wangen eiskalt werden lassen. Mit dem Handrücken wischte ich sie fort. Ich griff nach meinem Koffer und ging auf das Haus zu. Noch einmal sog ich die frostige Luft tief ein und lauschte dabei meinem Atem, denn er war das Einzige, das ich hörte. Die unangenehme Stille, in die die Ranch gehüllt war, wurde bedrückender, je näher ich dem Haus kam. Es war, als hätte Christas Tod alles Leben von hier fortgejagt.

Endlich bog ein Auto in die Einfahrt ein. Der Schnee knirschte unter den Reifen, als es hinter mir zum Stehen kam. Mit einem quietschenden Geräusch öffnete sich die Fahrertür, und ein stämmiger Mann mit grauem Kinnbart und dunkler Wollmütze stieg aus.

„Ellie Fischer!", begrüßte er mich und lächelte freundlich.

„Mister McLerk?", vermutete ich in ihm den Nachbarn zu erkennen, mit dem ich von Deutschland aus telefoniert hatte.

„So ist es." Sein britischer Akzent war unüberhörbar. Auch er war ein Auswanderer, jemand, dem die Schönheit der unberührten Natur in diesem Land gefiel. Fünf Kilometer lag seine Farm von Christas Grundstück entfernt, trotzdem war er der nächstgelegene Anwohner. In diesem weiten Land war das nicht ungewöhnlich.

„Schön, Sie persönlich kennenzulernen." Ich reichte ihm die Hand. Unwillkürlich zuckte ich bei seiner Berührung zusammen, weil ich mich daran erinnerte, dass er derjenige gewesen war, der Christa gefunden hatte.

„Nennen Sie mich ruhig Tobias."

„Ellie."

„Es ist recht ruhig geworden hier", sagte er, und ich seufzte, gerührt darüber, dass auch ihm die befremdliche Stille aufgefallen war.

„Deine Tante war eine außergewöhnliche Frau. Ihr Tod ist ein großer Verlust."

Seine Anteilnahme hatte er bereits am Telefon zum Ausdruck gebracht. Ich winkte ab, denn mir schnürte sich dabei erneut das Herz zu.

„Das ist wahr", hauchte ich.

Er kam an meine Seite, stemmte seine Hände in die Hüfte und schaute gemeinsam mit mir auf das Haus. „Christas ganzer Stolz."

Ich nickte wie in Trance.

„Hier." Tobias hielt mir einen einzelnen Schlüssel hin. „Den hatte sie mir gegeben – für den Notfall. Falls sich einer von uns mal nicht mehr melden sollte." Er zog die Nase hoch. Ich nahm den Schlüssel an mich.

„Und das sind die restlichen Schlüssel vom Haus und von der Scheune." Er überreichte mir einen Bund mit mehreren unterschiedlich großen Schlüsseln.

„Seit meine liebe Clara vor zwei Jahren gestorben ist, bin ich allein und das Alter ... nun ja." Er machte eine Pause und schnaufte durch. „Es birgt immer ein gewisses Risiko, wenn man allein ist."

„Ich verstehe. Du und Christa habt aufeinander aufgepasst."

Er betrachtete mich abwartend, als wäre er nicht sicher, ob das die richtige Formulierung war. „Mein einziger Sohn lebt in Australien, andere Verwandte gibt es nicht mehr. Christa ging es da ähnlich. Sie hatte zwar Kontakte in der Stadt, aber in den letzten Jahren sind einige weggestorben. Nach der Diagnose lebte deine Tante sehr zurückgezogen. Sie ist kaum noch vor die Tür gegangen, hat niemanden mehr so richtig an sich herangelassen. Sie wollte kein Mitleid."

„Klingt nach ihr." Ich seufzte schwer.

„Wir haben gegenseitig aufeinander geachtet – als Nachbarn, als Freunde."

„Natürlich. Es ist schön zu wissen, dass sie nicht vollkommen allein war."

„Das war sie nicht."

Ich nickte dankbar. Nach wie vor kämpfte ich mit Schuldgefühlen, weil ich vor mehr als zehn Jahren gegangen war, obwohl sie mich gewarnt hatte. Sie hatte gewollt, dass ich bleibe, aber ich war uneinsichtig gewesen, hatte ihr vorgeworfen, mich halten zu wollen, um nicht einsam zu sein. „Ich wünschte, ich hätte noch einmal mit ihr reden können. Wir sind damals nicht im Guten auseinandergegangen", gestand ich.

Tobias musterte mich mitleidig. „Ja, sie hat es mir erzählt."

„Ich war schrecklich eigensinnig, als ich jung war. Egoistisch und dickköpfig. Am Tag meiner Abreise war ich gemein zu ihr, habe furchtbare Dinge gesagt ..." Mir blieb die Stimme weg. Bekümmert senkte ich den Blick.

„Christa hat gewusst, dass du es nicht so gemeint hast."

Langsam schaute ich zu ihm auf. Er lächelte ermutigend.

Ich wollte ihm glauben, auch wenn ich mir nicht sicher war, ob er das nur behauptete, um mich aufzuheitern. Immerhin, es war tröstlich zu wissen, dass Christa in Tobias einen Freund gehabt hatte. Dennoch machte ich mir den Vorwurf, mich nie für meinen Ausbruch entschuldigt zu haben und nicht für sie dagewesen zu sein, als sie mich am meisten brauchte.

„Wollen wir hineingehen?“ Tobias stieg die Stufen zur Veranda hinauf.

Zögerlich folgte ich ihm, zückte den Schlüssel und öffnete mit zittriger Hand die Tür. Drinnen war es dunkel und kalt. Hier hatten die befremdliche Stille und die Leere ihren Ursprung. Als ich den grünen Ohrensessel neben dem offenen Kamin sah, erschauderte ich. Tobias entging nicht, dass ich das Möbelstück anstarrte. „Ähm, ja. Dort habe ich sie gefunden.“

„Ihr Lieblingsplatz.“

„Zuerst dachte ich, sie würde schlafen. So friedlich saß sie da.“ Er legte ein paar Holzscheite in den Kamin.

Ich lächelte trübsinnig. „Ob sie wohl noch glücklich gewesen ist?“

„Hm …“, Tobias hielt einen Moment inne. „Ich denke schon.“

Endlich konnte ich mich vom Anblick des Sessels losmachen. Ich sah Tobias zu, wie er das Feuer anzündete, um die Kälte aus Christas Haus zu vertreiben.

„Sie war an dem Ort, an dem sie sein wollte“, fuhr er überzeugt fort. „Ich habe selten einen Menschen getroffen, der so sehr mit seinem Land verbunden war wie sie. Die Ranch war ihr Leben. Ein Leben, das sie sich selbst ausgesucht hatte. Ich denke … nein, ich weiß, dass sie glücklich war – für ihre Verhältnisse.“

„Dann hat ihr gar nichts im Leben gefehlt?“ Ich betrachtete ihn verunsichert, wohl wissend, dass er mir darauf wahrscheinlich keine Antwort geben konnte.

Nachdenklich zog er sich die Mütze vom Kopf. „Nun, das ist eine schwierige Frage. Das war es zumindest, was sie immer behauptet hat. Sie war ein sehr positiver Mensch. Aber meiner Meinung nach war deine Tante auch eine Frau, die viel weggelächelt hat. Manchmal hatte ich den Eindruck, dass es etwas gab, das ihr fehlte. Etwas, das ihr aus irgendeinem Grund nicht vergönnt war."

Ich legte den Kopf schief. „Wie kommst du darauf?"

„Mit zunehmendem Alter lernt man, hinter die Fassaden zu blicken und die Menschen so zu sehen, wie sie wirklich sind. Deine Tante konnte es gut verbergen, doch hin und wieder blitzte etwas in ihren Augen auf. Etwas das unerfüllt, unerreichbar für sie blieb."

„Ja." Er konnte recht haben. „Ja, vielleicht."

„Was immer es auch war", Tobias zuckte die Schultern, „es wird wohl ihr Geheimnis bleiben."

„Christa hat es nie gesagt, aber ich denke, sie hätte gerne eigene Kinder gehabt. Zumindest wäre sie eine großartige Mutter gewesen."

„Möglicherweise war es am Ende die Einsicht, die uns alle irgendwann überkommt." Tobias machte ein ernstes Gesicht.

„Die wäre?"

„Dass alles ein Ablaufdatum hat. Bei dem einen kommt diese Einsicht früher, bei dem anderen später. Doch irgendwann fangen wir alle an zu begreifen, dass wir keine Zeit mehr haben. Und diese Tatsache ist für viele nur schwer hinzunehmen."

Ich verstand, was er meinte. Seine Worte riefen in mir eine ungeahnte Angst wach. Die Angst davor, etwas Wesentliches zu versäumen. Irgendwann zu sterben, ohne wirklich gelebt zu haben.

Doch Christa hatte gelebt. Nach allem, was ich wusste, hatte sie keinen ihrer Träume vor sich hergeschoben, keinen einzigen kampflos aufgegeben. Sie war Risiken eingegangen, hatte nichts unversucht gelassen, ihre Wünsche zu verwirklichen, und viele davon hatten, in ihrem unerschütterlichen Streben, tatsächlich Gestalt angenommen. Früher hatte ich nicht den Eindruck gehabt, dass es ihr viel ausgemacht hatte, keine eigenen Kinder zu haben. Stets hatte sie beteuert, dass ihr ihre Tiere und ich genug seien. War es am Ende doch die Einsamkeit, die ihr zugesetzt hatte? Ich dachte einen Augenblick darüber nach und spürte die Traurigkeit intensiver denn je in mir aufsteigen.

„So, das hätten wir", durchbrach Tobias meine Überlegungen, und mein Blick verlor sich in den züngelnden Flammen, deren Wärme sich nun in den Raum tastete.

„Gleich wird es angenehmer." Kurz bewunderte Tobias das lodernde Feuer, das er gekonnt entfacht hatte, dann stemmte er sich auf die Beine. „Ab und zu einen Scheit nachzuwerfen, das müsste genügen."

„Danke."

„Keine Ursache. Wirst du zurechtkommen?"

„Na klar. Ich meine, ich werde mich erst an alles gewöhnen müssen, aber … das wird schon werden. Es gibt genug für mich zu tun. Ich weiß mich abzulenken. Christas Sachen durchzugehen, wird mich fürs Erste beschäftigen."

Er lächelte matt. „Und solltest du hier irgendwo einen Schatz finden, dann verrate es besser niemandem."

„Dann hält sich dieses Gerücht immer noch?"

„Wir sind hier auf dem Land. Und die Geschichte von Christas Schatz zählt wahrscheinlich schon zu den

Volksmärchen. Die Legende der geheimnisvollen Deutschen, die das Gold der Nibelungen mit nach Kanada brachte. Klingt nach einer spannenden Geschichte."

„Als Jugendliche habe ich hier jeden Winkel durchforstet. Glaub mir, wenn es hier so etwas wie einen Schatz gäbe, hätte ich ihn längst gefunden."

Er lachte, und ich fiel mit ein.

„Die Vorstellung, Christa habe einen Schatz besessen, beruht einzig und allein darauf, dass sich hier niemand erklären kann, wie eine alleinstehende Frau eine solche Ranch aufbauen konnte. Meine Tante hat nie im Bergwerk Gold geschürft. Keine Ahnung, wer das erzählt hat, aber ich weiß noch, dass es sie immer sehr belustigt hat, Dinge über sich zu hören, von denen sie selbst nichts wusste."

„Da haben sich die Leute in all den Jahren nicht verändert."

„Das werden sie auch nie."

„Eine der wenigen Eigenschaften, die auf der ganzen Welt gleichermaßen verbreitet ist."

Dem konnte ich nur zustimmen. Christa hatte das Gerede der Menschen mit Humor genommen, und ich gab mir Mühe, dies auch zu tun.

Einen Augenblick lang ließen Tobias und ich diese Erkenntnis in uns nachhallen. Als unser Lachen verflogen war, tippte er sich an die Stirn. „Ah, jetzt hätte ich das Wichtigste fast vergessen." Eilig verschwand er zur Tür hinaus. Wenig später kehrte er mit einem Pappkarton auf den Händen zurück.

„Was ist das?"

Er stellte die Kiste auf dem Couchtisch ab und holte einen weißen Briefumschlag aus seiner Jackentasche.

„Christas letzter Wille. Sie wollte, dass du ...“, seine Stimme brach ab, „... na ja. Lies den Brief in aller Ruhe. Ich lass dich jetzt allein.“ Er lächelte leicht, dann zog er seine Mütze auf und wandte sich zum Gehen.

Ich begleitete ihn noch bis zur Tür. Bevor er hinaustrat, hielt er noch einmal inne. „Es kann hier draußen sehr einsam sein. Lass dich nicht ärgern von den wilden Tieren. In der Regel kommen die nicht so nah ans Haus.“

„Das weiß ich doch. Ist ja nicht so, als wäre ich zum ersten Mal hier.“

Er machte ein ernstes Gesicht, und ich glaubte zu wissen warum.

„Aber ich bin zum ersten Mal allein“, sagte ich einsichtig.

„Wenn ich noch irgendetwas tun kann, dann ruf mich einfach an. Ich war für Christa da, und es versteht sich von selbst, dass ich auch für dich da bin.“

„Das mach ich. Danke nochmals ... für alles.“

Er nickte und ging die Stufen der Veranda hinunter, hinein in ein kleines Schneegestöber, das begonnen haben musste, während wir im Haus waren. Leise schloss ich die Tür hinter ihm, dann drehte ich mich im Stand herum. Noch immer fröstelte ich. Das Feuer würde noch eine Weile brauchen, um das Haus aufzuheizen.

Ich fühlte mich schlecht, weil ich nicht schon eher hergeflogen war. Zum Jahresende hin war es fast unmöglich, in einer Versicherungsfirma Urlaub zu bekommen. Neukunden rannten uns förmlich die Hütte ein, um noch schnell einen Vertrag abzuschließen. Ein nahendes Ende, ganz gleich, um welches es sich handelte, schien in den Menschen eine Art Torschlusspanik auszulösen. Ich war heilfroh, dass ich meinen Jahresurlaub hatte durchsetzen können, nachdem meinem Chef klargeworden war, dass ich eine Auszeit dringend nötig hatte – aber eben erst Wochen nach Christas Tod.

Mit vor der Brust gekreuzten Armen näherte ich mich dem Karton. Ich legte den Brief daneben und klappte den Deckel auf. Vorsichtig lugte ich hinein, holte das Keramikgefäß heraus und stellte es neben die Kiste auf den Tisch. In dem Moment, als ich begriff, was mir Tobias mitgebracht hatte, schnellte mein Puls in die Höhe, sodass mir mein Herzschlag in den Ohren dröhnte. Ich ließ mich rückwärts auf das Sofa fallen, presste kurz, aber intensiv die Lider aufeinander und nahm einen tiefen Atemzug.

„Hallo, Tante Christa", murmelte ich, um mich weniger unwohl zu fühlen. „Da sind wir also."

Ich spiegelte mich auf der glatten Oberfläche des Urnendeckels und seufzte bitter. Mir war klar gewesen, dass dieser Augenblick kommen würde. Während meiner Abwesenheit hatte Tobias sich um die Einäscherung gekümmert, so wie es Christas Wunsch gewesen war. Nun hatte er sie mir übergeben. Ich war an der Reihe.

Betrübt lehnte ich mich vor, stützte die Unterarme auf die Knie und vergrub das Gesicht unter meinen Händen.

„Was soll ich denn jetzt nur machen, ohne dich?" Ich zog die Nase hoch und ließ die Hände in den Schoß fallen. Der Kummer schnürte mir die Kehle zu. Mit aller Kraft schluckte ich ihn hinunter, wandte den Blick für einen Moment von der Urne ab. Verzweifelt suchte ich nach etwas im Raum, das mir Halt gab. Während mein Blick über die Bücherregale glitt, lauschte ich dem knisternden Feuer und dem monotonen Ticken der Uhr auf dem Kaminsims. Neben der Regalwand hing das Bild von Christa, das ich immer so mochte. Es zeigte sie, wie sie als junge Frau im ägyptischen Wüstensand stand. Hinter ihr ragte die Cheopspyramide in den Himmel. Christa war eine Schönheit gewesen, mit dunklen, lockigen Haaren, einer zierlichen, jedoch weiblichen Figur. In der Vergangenheit hatte ich selbst erlebt, wie sehr ihr die Männerwelt zu Füßen gelegen hatte. Christa hätte jeden haben können, entschied sich aber bewusst gegen eine Heirat, weil ihr die Freiheit heilig gewesen war. In diesem Punkt war meine Tante knallhart gewesen. Einem Mann zuliebe die eigenen Bedürfnisse hintenanzustellen, das kam für sie nie infrage.

„Es tut mir so leid", wisperte ich. Ich sprach mit einer Urne! Ein sicheres Zeichen dafür, dass ich jetzt endgültig den Verstand verloren hatte. Bei dem Gedanken musste ich lachen. Wenigstens war niemand da, der meinen Wahnsinn mitbekommen konnte. Offensichtlich war ich allein. Merkwürdigerweise fühlte es sich aber nicht so an. Lag es daran, dass ich Christas Tod einfach nicht wahrhaben wollte?

Ich horchte in mich hinein. Irgendwie hatte ich das Gefühl, dass sie noch immer hier war. Dass sie dieses Haus nie verlassen hatte. Ich schüttelte diesen bizarren Gedanken ab und griff nach dem Brief, der neben der Urne auf dem Tisch lag. Gespannt öffnete ich ihn. Als ich Christas Handschrift erkannte, die unordentlich

wie eh und je, dabei aber so makellos schön war, war
ich wieder von Kummer erfüllt.

*Meine Ellie,*

*wenn du diesen Brief liest, heißt das, dass mein Herz
aufgehört hat zu schlagen. Es bedeutet aber auch, dass
du zurückgekehrt bist – nach Hause. Denn das war das
Okanagan Valley für dich, so wie es dieses Land für
mich gewesen war, vom ersten Augenblick an, an dem
ich es sah.*
*Das Leben ist ein Abenteuer, Ellie! Das habe ich dir im-
mer gesagt. Für jeden von uns kommt aber einmal die
Zeit, in der wir uns zurückziehen müssen, um Ruhe
und Zufriedenheit zu finden, die doch eigentlich das
wahre Glück bedeuten. In den letzten Jahren habe ich
gemerkt, wie alles an mir vorbeizog – so schnell, dass
ich es kaum schaffte mitzugehen. Irgendwann haben
wir einfach genug gesehen, erlebt, gefühlt und nachgedacht. Ich bin an einem Punkt angekommen, an dem es
für mich nichts mehr zu erleben gibt. Was bleibt, ist zu-
rückzuschauen auf das, was ich meine größten Abenteuer nenne. Ich will, dass alles dir gehört. Du bist der
einzige Mensch, der die Ranch ebenso liebt wie ich. Jeden einzelnen Stein, jeden Grashalm, jeden Baum. Du
kannst damit machen, was du möchtest. Was auch immer dich erfüllt – denn ich weiß, du hast deine eigenen
Träume. Vielleicht glaubst du, sie wären bereits ausge-
träumt. Vertrau mir, wenn ich dir sage, dass sie es niemals sein werden, es sei denn, du entschließt dich sie
aufzugeben. Suche danach, was dich glücklich macht.
Tu das, was deine Seele strahlen lässt.*

*In Liebe,*
*Christa*


Tief gerührt atmete ich aus, faltete den Brief wieder zusammen und drückte ihn fest in der Hand. Christas Worte hatten mich sehr getroffen. Ihre Zeilen ließ ich mir noch einmal durch den Kopf gehen. Offensichtlich hatte sie nie daran gezweifelt, dass ich wiederkommen würde. Christa hatte mich gekannt wie sonst niemand. Sie hatte gewusst, was in mir vorging, und warum mich meine Emotionen manchmal überforderten.

Während ich diese Einsicht sacken ließ, schweifte mein Blick durch das Haus. Vor den Sprossenfenstern setzte bereits die Dämmerung ein. Die Wintertage in Kanada waren kurz. Ich war kein Freund von Dunkelheit oder Kälte, aber das Land verstand es durch seine atemberaubende Natur, jene Makel wettzumachen. Das Einzige, das ich fürchtete, war die Verbindung zur Einsamkeit.

Ich warf mir die Decke, die auf der Sofalehne gelegen hatte, über die Schultern und zog die Knie an den Kör-

per. Allmählich spürte ich den Jetlag in meinen Knochen. Erschöpft sank ich aufs Kissen, kuschelte mich in
die Decke und sah den Flammen zu, wie sie im Kamin
tanzten. Das Knistern des Holzes hatte eine einschläfernde Wirkung auf mich. Mein letzter Gedanke, bevor
ich die Augen schloss, galt Christa und ihrem bewegenden Abschiedsbrief an mich. Natürlich würde ich ihrem Wunsch nachkommen und ihre Asche auf der
Ranch verstreuen. Doch zuerst musste ich bereit sein,
sie endgültig gehen zu lassen.

# Kapitel 2

Am nächsten Morgen fuhr ich mit dem Fahrrad in die Vorstadt. Den alten Drahtesel hatte ich in der Scheune gefunden. Als hätte er all die Jahre auf meine Rückkehr gewartet, stand er an die Wand gelehnt auf seinem gewohnten Platz neben dem Trog. Verstaubt und voller Spinnweben, aber fahrbereit.

Seit gestern Abend hatte es nicht mehr geschneit, dafür war die Nacht mehr als frostig gewesen. Der Schnee am Straßenrand war zu einer einzigen Eismasse verschmolzen. Dick eingemummelt in meine Daunenjacke strampelte ich unter blauem Himmel im ersten Gang am Okanagan Lake entlang, der sich unterhalb der Straße durchs Tal schlängelte. Er ist mehr als doppelt so lang wie der Bodensee, erstreckt sich von Vernon bis Penticton, durch die Rocky Mountains, und hat mit dem legendären Ogopogo sogar sein eigenes Monster.

Die Sonne schien mir aufs Gesicht, und ich genoss ihre Wärme. Vor mir verwandelte sich mein Atem in eine dichte Dunstwolke. Es war nicht weit bis zur Ortsmitte. Früher war ich die Strecke täglich geradelt. Aber jetzt fiel es mir deutlich schwerer, das Tempo zu halten. Offenbar hatte meine Kondition in der letzten Zeit ziemlich gelitten. Die kalte Luft brannte mir in der Kehle. Auf halber Strecke machte ich halt. An diesem Punkt zweigte die Straße in einen kleinen Weg ab. Er führte zum *Wheaton*, dem Restaurant, in dem ich früher gejobbt hatte. Im Winter waren nur wenige Touristen in der Gegend, weshalb es in der Nebensaison geschlossen hatte. Ich zog mir die Mütze noch tiefer ins Gesicht und wärmte meine Hände mit meinem Atem, bevor ich mich neben das Fahrrad stellte. Kurzerhand entschloss ich mich, den Weg zum *Wheaton* zu nehmen. Ich wollte vorbeischauen, sehen, ob sich die kleine Blockhütte am Seeufer verändert hatte. Vom Restaurant aus hatte man eine herrliche Aussicht auf das Wasser und die umliegenden Wälder.

Ich war froh festzustellen, dass das *Wheaton* noch genau so war, wie ich es in Erinnerung hatte. Die weinroten Fensterläden, die blauweiße Markise mit der Aufschrift Kokanee-Beer. Selbst die Stühle und Tische, die aufgestapelt und zusammengeschoben an der Seite standen, erkannte ich wieder.

Ich schaute durchs Fenster hinein. Auch drinnen hatte sich nichts verändert. Beim Anblick der Bar mit ihren Zapfhähnen fühlte ich mich an meinen ersten Tag als Aushilfskellnerin zurückerinnert. Es war eine kleine Katastrophe gewesen. Ich hatte keine zwei Stunden gebraucht um herauszufinden, dass ich vollkommen ungeeignet war. Tante Christa, die von meinen zwei linken Händen gewusst hatte, hatte mich von dem Job abhalten wollen. Nach drei Tagen hatte ich mir eingestehen müssen, dass ich eine hundsmiserable Bedienung war. Geschirr zu zerbrechen, schien alles zu sein, was ich zuverlässig konnte. Vermutlich hätte ich keine zwei Wochen durchgehalten, wäre da nicht Sean gewesen, der Sohn des Besitzers. Auf besonders einfühlsame

Art hatte er versucht, mein letztes bisschen Selbstwertgefühl zu retten, indem er beteuerte, sie hätten schon weit schlimmere Bedienungen gehabt. Sean hatte stets eine ungeheure Geduld mit mir bewiesen. Mehr als einmal hatte er die Schuld auf sich genommen, wenn ich wieder einmal Bestellungen durcheinandergebracht hatte. Bei dem Gedanken an ihn musste ich lächeln. So lange lag der Sommer zurück, in dem ich der festen Überzeugung gewesen war, Kelowna nie wieder zu verlassen. Der Sommer, in dem ich zum ersten Mal erfahren hatte, wie sich Liebe anfühlte. Es war der beste meines Lebens – voll mit unersetzlichen Erfahrungen.

Das Restaurant lag idyllisch gelegen, an einem Uferstück, wo der See nicht zu tief und das Wasser klar war. Im Sommer kamen viele Gäste zum Schwimmen her. Dann bot auch der kleine Sandstrand einen herrlichen Platz zum Sonnen und Picknicken.

Ich verließ die Terrasse des Restaurants und ging zum Ufer. Die schmiedeeiserne Leiter, die von hier aus ins Wasser führte, war von Eis umschlossen. Der See war zugefroren. An einigen Stellen schimmerte das Wasser hindurch. Ich lehnte mich gegen das Geländer und ließ meinen Blick schweifen. Die Sonne schien durch die Wolken und brachte das Eis vor mir zum Glitzern. Auf einmal war ich von einer friedlichen Ruhe eingenommen. Einer fast magischen Ruhe, die die Natur an diesem Ort ausstrahlte. Ich schloss für einen Moment die Augen und ließ die Sonne auf mein Gesicht scheinen. Die Kälte nahm ich kaum noch wahr. Erfüllt von der atemberaubenden Landschaft, der frischen Luft und dem vertrauten Gefühl, das mir dieser Ort verlieh, glaubte ich mich in die unbeschwerten Tage meiner Jugend zurückversetzt. Ich atmete tief durch und spürte eine ungeahnte Erleichterung. Meine Rückkehr nach Kanada hatte mich schon nach kurzer Zeit wieder dem Menschen nähergebracht, der ich sein wollte. Mir war nicht klar gewesen, wie sehr ich mich in den letzten Jahren verloren hatte. Die Wirkung, die dieses Land auf mich hatte, war außergewöhnlich. Unwillkürlich stellte ich mir erneut die Frage, die mich ständig ohne Vorwarnung einholte: Wie würde mein Leben jetzt wohl aussehen, wäre ich nie fortgegangen?

Ich lauschte dem Wind, der durch die hohen Rotfichten pfiff, und genoss die wohligen Sonnenstrahlen auf meinen geschlossenen Lidern.

Auf einmal hörte ich herannahende Schritte. Jemand stapfte hinter mir durch den Schnee, direkt auf mich zu. Ich fuhr herum und erstarrte augenblicklich.

„Sean?“ Ich traute meinen Augen nicht. Auch er schien überaus überrascht, mich zu sehen.

„Ellie!“ Ein leichtes Lächeln huschte über sein Gesicht. Mein Herz polterte wie damals, als ich ihn zum allerersten Mal gesehen hatte. Er hatte sich kaum verändert, wirkte jedoch reifer. Seine Schultern waren breiter geworden, sein dunkles Haar länger. Ich hatte nicht damit gerechnet, ihn hier anzutreffen. Und eigentlich hatte ich die Begegnung mit ihm, nach all den Jahren der Funkstille zwischen uns, sogar gefürchtet.

„Für einen Moment dachte ich, du wärst nur eine Erscheinung“, sagte er, und sein Lächeln wurde breiter. Er kam auf mich zu und umarmte mich, hielt mich ganz fest, als wäre nichts gewesen, das uns einst getrennt hatte. Sein Dreitagebart kratzte an meiner Wange. Sein Look war ungewohnt, aber er gefiel mir.

„Eben habe ich an dich gedacht", gestand ich perplex, während wir uns langsam voneinander lösten.

„Ach ja?" Er vergrub verlegen die Hände in den Jackentaschen. Seine Nähe fühlte sich gut an. Auch nach mehr als zehn Jahren hatte sich das nicht geändert. Wir waren immer ein unschlagbares Team gewesen. Trotzdem hatte es mit uns nicht sein sollen. Das bedauerte ich immer noch. Als meine Mutter mich damals zurück nach Deutschland geholt hatte, wussten wir, dass es mit uns schwierig werden würde. Sean hatte mich zum Bleiben bewegen wollen. Er hatte mir einen Antrag gemacht, da waren wir gerade einmal achtzehn. Zu der Zeit war ich noch nicht bereit mich festzulegen, weder auf einen Mann noch auf ein Land. Damit hatte ich ihm das Herz gebrochen. Ich hatte nie wieder etwas von ihm gehört. Lange hatte ich ihm nachgetrauert, und ich tat es in einer verqueren Art und Weise bis heute. Eigentlich hatte ich gehofft, ich wäre ein für alle Mal über ihn hinweg. Nun, da ich ihm gegenüberstand, wurde mir bewusst, dass ich das nie sein würde.

„Es ist schön, dass du wieder da bist." Sean blickte mich unentwegt an. „Wir hatten schon nicht mehr damit gerechnet, dass du noch kommen würdest. Seit wann bist du zurück?"

„Ich bin gestern Nachmittag gelandet."

Er strahlte mich an, nickend, als könnte er immer noch nicht glauben, dass er mich tatsächlich vor sich hatte. Mir ging es mit ihm genauso.

„Es war leider nicht früher möglich", fuhr ich fort. „Aus beruflichen Gründen."

Er presste die Lippen aufeinander, als hätte ich ihn gerade daran erinnert, dass ich nicht zum Erholen nach Kanada gekommen war und auch nicht seinetwegen.

„Das mit Christa tut mir sehr leid. Ich konnte es nicht fassen, als ich es hörte. Deine coole Tante ..." Er lächelte selig. Ich tat das Gleiche, denn ich wusste genau, worauf er hinauswollte. Tante Christa hatte uns immer alles durchgehen lassen. Einmal hatte sie ihm ein Alibi gegenüber seinen Eltern verschafft, damit wir auf ein Heavy Metal Konzert fahren konnten. Ein anderes Mal hatte sie einen Joint, den der Schulleiter in meinem Rucksack gefunden hatte, als ihren ausgegeben. Was mich damals sehr überrascht hatte. Schließlich war ich wegen einer solchen Aktion in Frankfurt von der Schule geflogen. Kelowna war meine letzte Hoffnung gewesen. Eigentlich hatte ich es nicht vermasseln wollen. Christa wusste das. Sie hatte mir die Augen geöffnet, mir eingebläut, dass nur ich Einfluss auf mein Leben nehmen konnte und mich so auf die richtige Spur gebracht. In gewisser Hinsicht hatte sie mich – den hoffnungslosen Fall – damit gerettet. Dafür würde ich ihr immer dankbar sein.

Sean wirkte auf einmal ganz weit weg. Ich glaubte zu wissen warum. Tobias hatte am Telefon erwähnt, dass auch die Wheatons einen Schicksalsschlag erlitten hatten.

„Ich hab das mit dem Autounfall von deiner Mum gehört", sagte ich mitfühlend.

Er sah mich mit einem leichten Stirnrunzeln an.

„Das muss schwer für euch sein. Für dich und deinen Dad."

„Wir kommen klar“, sagte er tonlos. Unser Gespräch hatte einen ziemlich wehmütigen Weg eingeschlagen.

„Und du?“, wechselte er das Thema.

„Ich muss“, antwortete ich schulterzuckend. „Das Letzte, das ich zu Christa gesagt habe, war, sie würde mich hier nie wiedersehen.“ Prustend schüttelte ich den Kopf. „So habe ich das allerdings nicht gewollt. Jetzt wird sie mir auf ewig fehlen.“

„Mir auch“, hauchte er. „Sie hat uns immer verstanden. Ganz egal, auf was für Ideen wir gekommen sind.“

„Das hat sie.“

„Stimmt es, was die Leute sagen?“

„Was sagen sie denn?“

„Na ja, dass dir jetzt die Ranch gehört?“

„Ja. Christa hat mir alles vermacht.“ Ich lachte kopfschüttelnd. „Sie muss verrückt gewesen sein.“

„Das war sie – wenn es nach einigen von den Leuten hier geht. Aber ich wüsste nicht, was so schlimm daran sein soll, ein bisschen verrückt zu sein. Außerdem finde ich, sie hat alles richtig gemacht. Ich kenne niemanden, der die Ranch mehr verdient hätte als du.“

„Ist das dein Ernst?“

„Na auf jeden Fall! Dein Herz schlägt für Pollard Creek. Das hattet ihr, deine Tante und du, immer gemeinsam.“

Nachdenklich biss ich mir auf die Unterlippe. So ähnlich waren auch Christas Worte gewesen, die sie für ihren Abschiedsbrief an mich gewählt hatte. Ich war mir nicht so sicher, ob sie der Ranch mit mir einen Gefallen getan hatte. Eigentlich war ich doch mit dem Vorhaben hergekommen, alles so schnell wie möglich zu verkaufen. Seans kristallblaue Augen hafteten auf mir, und ich fühlte, wie mir die Hitze ins Gesicht stieg. Rasch wandte ich den Blick von ihm ab auf meine Schuhe. Das braune Leder hatte sich durch die Nässe dunkel verfärbt. Meine Füße fühlten sich eiskalt an.

„Du scheinst für einen echten kanadischen Winter nicht optimal gerüstet zu sein", stellte Sean fest, der meinem Blick gefolgt war.

„Nein", stimmte ich ihm zu. Es war schon merkwürdig, dass ich relativ planlos zu dieser Jahreszeit hergeflogen war. Aber darüber hatte ich mir gar keine Gedanken gemacht. Nun stand ich hier, mit durchnässten Schuhen und löcherigen Jeans. Zumindest war meine Jacke gefüttert, und auch die Handschuhe hatte ich nicht vergessen.

„Den Sommer hier mochte ich immer lieber", brachte ich zu meiner Verteidigung vor. „Und auch den Frühling ... und den Herbst."

Sean grinste breit. „Das habe ich nicht vergessen."

Einen Moment verlor ich mich in seinem Blick. Er betrachtete mich, als wäre seit unserem letzten Treffen keine Zeit vergangen. Und was noch viel merkwürdiger war: Mein Herz klopfte in seiner Nähe noch genauso schnell wie früher. Unmerklich schüttelte ich mich.

„Außerdem hatte ich keine Zeit mehr zum Einkaufen. Es war alles etwas kurzfristig, weißt du?"

„Ich verstehe", sagte er, ohne den Blick von mir zu nehmen. Trotz der Minustemperaturen war mir auf einmal heiß.

„Was machst du eigentlich hier?", fragte ich, damit er nicht merkte, wie sehr mich sein Blick verunsicherte. „Das Restaurant ist doch geschlossen."

„Oh ja, eigentlich schon." Er sah sich nach der Blockhütte um und kratzte sich betreten am Hinterkopf. „Dieses Jahr machen wir an Dads Geburtstag eine Ausnahme. Er will zwar eigentlich etwas Ruhiges, aber ich habe ihm gesagt, dass er das vergessen kann. Man wird ja schließlich nur einmal im Leben siebzig."

„Stimmt."

„Damit alles perfekt wird, muss ich noch ein paar Dinge vorbereiten. Die Musikanlage ist uralt, die wird ersetzt ... und ich wollte auch noch neue Boxen einbauen."

„Das ist toll!"

Er nickte. „Hey ... du musst natürlich auch kommen. Dad würde sich bestimmt freuen."

„Klar! Ich komme gerne."

Er lächelte breit. „Schön. Wir feiern am Siebenundzwanzigsten. Du wirst doch dann noch hier sein, oder?"

„Oh, ich weiß es ehrlich gesagt noch nicht. Aber ich kann erst abreisen, wenn hier alles erledigt ist. Die Ranch gebe ich nur in gute Hände. Ich verkaufe ausschließlich an jemanden, der sie zu schätzen weiß."

Er machte große Augen. „Du willst sie also wirklich verkaufen?" Er wirkte sehr überrascht.

„Das war der Plan." Ich zwirbelte an meinem Schal. „Wobei ich noch keine Ahnung habe, wie ich das anstellen soll. Ich bin noch immer ein organisatorisches Desaster."

„Du hast es schwer, ne?", neckte er mich.

„Kann man wohl sagen."

„Na ja, auch für schwierige Dinge findet sich eine Lösung."

„Wahrscheinlich hast du recht. Gerade war ich auf dem Weg in die Stadt, um mich nach einer Immobilienfirma umzusehen, die den Verkauf für mich übernimmt. Ich kann das Geld gut gebrauchen.“

„Wenn du mir die Frage erlaubst: Was willst du damit machen?“

Ich zuckte die Schultern. „Eine Eigentumswohnung in Frankfurt kaufen vielleicht.“

„Dann bist du dort glücklich?“

Ich grübelte. „Glücklich. Hm, das ist schwierig zu sagen. Es ist eher so bei mir, dass ich ... warte.“

„Aha.“ Er hob die Brauen. „Und? Worauf genau wartest du?“

„Auf eine Anstellung in einer führenden Position.“ Ich redete Blödsinn, nur um nicht sagen zu müssen, dass ich im Grunde nichts zu erwarten hatte.

„Ah“, machte er nur, „in dieser Versicherungsfirma?“

Ich schaute ihn verdattert an. Woher wusste er, wo ich arbeitete?

„Ich habe dich gegoogelt“, erklärte er verschwörerisch.

„Du bist ja gruselig.“

Grinsend zuckte er die Achseln. „War halt neugierig. Ich wollte wissen, was du so treibst.“

Sollte ich ihm jetzt sagen, dass auch ich ihn im Internet gesucht hatte? Nein. Stillschweigend genoss ich das Gefühl der Überlegenheit.

„Was ist mit dem Restaurant? Wirft es noch genug ab für dich und deinen Vater?“, sprach ich ein anderes Thema an.

„Oh ja, die Hauptsaison bringt uns ganz gut durch den Winter. Außerdem habe ich meinen Vater für einen Weinberg begeistern können.“

„Ihr baut euren eigenen Wein an?“

„Wir sind jetzt in der zweiten Saison, und es läuft bis jetzt ganz gut.“

„Das ist fantastisch, Sean.“ Er hatte schon früher davon geträumt, ins Weingeschäft, das im Okanagan Valley Tradition hatte, einzusteigen. Ich freute mich von Herzen für ihn, dass er seinen Traum endlich lebte.

„Genug von mir.“ Er legte den Kopf schief. „Wie ist es, in dem großen Haus allein zu sein? Hast du keine Angst?“

„Nein“, hauchte ich, auch wenn das nicht ganz stimmte. „Ich lenke mich ab, dann habe ich keine Zeit, groß drüber nachzudenken. Heute werde ich damit anfangen, Christas Sachen auszusortieren. Ich möchte ein paar Erinnerungsstücke mit nach Deutschland nehmen. Dafür werde ich sicher eine Weile brauchen. Ich will nichts übersehen oder vergessen.“

„Wenn ich irgendwie helfen kann …“, Sean blinzelte, „ich meine … damit alles schneller geht. Ich hätte gerade Zeit. Wir könnten zum Beispiel gemeinsam die Sachen sortieren. Das heißt, nur wenn du möchtest.“

Er war noch immer so charmant wie eh und je. Ich konnte mir ein Lächeln nicht verkneifen. „Lieb von dir. Aber ich kriege das schon hin. Trotzdem danke.“

„Hm, also … mein Angebot steht.“ Er fuhr sich mit der Hand durchs Haar. „Also … falls du es dir anders überlegst: Du weißt ja, wo du mich findest.“

Ich nickte grinsend und drehte mich von ihm weg zum See. Er trat neben mich, legte die Hände aufs Geländer und schaute mit mir in die Ferne. Eine Weile standen wir einfach nur da und starrten gemeinsam auf die schneebedeckten Bäume am anderen Ufer. Ein seltsames Gefühl stieg in mir hoch. Es war, als wären wir nie voneinander getrennt gewesen. Unauffällig betrachtete ich ihn von der Seite. Für mich war er noch immer der schönste Mann auf der Welt – die Liebe meines Lebens.

„Ich kenne da eine Maklerin", brach er plötzlich das Schweigen. „Wenn du dir wirklich sicher bist, dass du die Ranch verkaufen willst, dann ist sie genau die richtige dafür."

Obwohl er mit meiner Entscheidung, die Ranch abzugeben, nicht einverstanden schien, wollte er mir helfen. Ich hatte keine Ahnung warum.

„Sean." Ohne darüber nachzudenken, fasste ich ihn am Arm und brachte ihn auf diese Weise dazu, mich anzusehen. „Ich habe keine andere Wahl als zu verkaufen", erklärte ich ihm, auf Verständnis hoffend. Er sah mich mitleidsvoll an.

„Mein Leben findet in Frankfurt statt, es ist einfach zu weit weg, als dass ich mich regelmäßig um das Haus hier kümmern könnte. Es würde mir auch zu leidtun, es leer stehen zu lassen. Christa hätte nicht gewollt, dass es unbewohnt bleibt. Ich wünsche mir, dass jemand die Ranch wertschätzt. Vielleicht jemand, der auch Pferde züchtet. Zu wissen, dass Christas Traum weitergeführt wird, das fände ich wirklich schön."

„Ich nehme an, du willst dieser Jemand nicht sein", murmelte Sean leise.

Ich seufzte. „Bis auf Erinnerungen gibt es nichts, das mich hier hält."

Seine Miene verfinsterte sich schlagartig. Er schob meine Hand von sich und ging auf Distanz. „Gut, dann sollten wir keine Zeit verlieren." Sein Ton war plötzlich ungewohnt scharf. „Wie passt es dir morgen früh? So gegen neun?"

Kurz dachte ich nach, dann nickte ich schulterzuckend. „Da habe ich nichts vor."

„Wunderbar. Ich sage der Maklerin Bescheid. Ich weiß zufällig, dass sie schon lange ein Auge auf Pollard Creek geworfen hat. Also hättet ihr beide was davon. Sie wird es kaum abwarten können, die Ranch schätzen zu dürfen. Ich schicke sie morgen früh bei dir vorbei, dann wird sie sich ein Bild vom Haus und dem Land deiner Tante machen."

Er klang seltsam unterkühlt.

„Wirst du auch kommen?"

Er zuckte die Schultern. „Wenn's dir hilft."

„Ich denke ... ja ... das würde es vielleicht."

„Na schön."

Bevor ich noch etwas sagen konnte, hatte er mir schon den Rücken zugedreht.

„Sean?"

„Was ist?" Er blieb stehen, sah sich aber nicht nach mir um.

„Ich danke dir."

„Schon okay."

Ich sah zu, wie er ohne ein weiteres Wort die Stufen zum *Wheaton* hochstieg, die Tür aufschloss und im Restaurant verschwand. Als ich wenig später daran vorbeiging, sah ich durch ein Fenster, wie er die Stühle im Gastraum aufstellte. Zuletzt hatte er nachdenklich auf mich gewirkt. Irgendwie verärgert. Er konnte es mir doch nicht verübeln, dass ich mein gewohntes Leben weiterführen wollte, dass ich zurück nach Deutschland musste. Die Tatsache, dass er sich ohne Gruß ins Restaurant verzogen hatte, fand ich mehr als kindisch. Solch trotziges Verhalten hatte er schon früher an den Tag gelegt, und es ärgerte mich wie damals. Es war meine Entscheidung, was ich mit der Ranch machte. Genauso wie es vor mehr als zehn Jahren seine Entscheidung gewesen war, sich nicht mehr bei mir zu melden.

# Kapitel 3

Nachdem ich das Notwendigste eingekauft hatte und zurück auf der Ranch war, schien die Zeit einfach nicht vorbeizugehen. Der restliche Tag schlich nur so dahin. Die Ruhe im großen, leeren Haus machte mir zu schaffen. Christa hatte alles mit so viel Leben erfüllt, dass mir die neue Situation regelrecht unheimlich war.

Mir knurrte der Magen, aber ich hatte keinen Appetit. Es kam mir merkwürdig vor, im selben Haus zu essen, in dem Christa gestorben war, in dem ich ihre sterblichen Überreste aufbewahrte. Ich versuchte in der Küche zu bleiben, gab meinem hungrigen Bauch schließlich doch nach und machte mir ein Thunfischsandwich.

Um mich abzulenken, schaltete ich das Radio ein. Einen Fernseher gab es nicht. Christa hatte dessen Notwendigkeit nie gesehen und sich hartnäckig geweigert, einen anzuschaffen. Gelangweilt blätterte ich durch die neusten Nachrichten und Angebote lokaler Geschäfte, die ich nach meiner Rückkehr aus der Stadt im Briefkasten vorgefunden hatte. Draußen schneite es wieder. Die Flocken trafen lautlos auf das Küchenfenster. Eine Weile sah ich ihnen dabei zu, währenddessen kreisten meine Gedanken unaufhörlich um Sean. Warum war seine Herzlichkeit so schnell in Zurückhaltung umgeschlagen? Seit ich ihn wiedergesehen hatte, fühlte ich mich seltsam, und deswegen war ich wütend auf mich selbst. Nach all den Jahren hatte er es geschafft, dass ich mich innerlich immer noch mit ihm beschäftigte. Verbissen kämpfte ich gegen den Drang an, ihn anzurufen und nachzuhaken, ob er noch eingeschnappt war. Ich überlegte sogar mich zu entschuldigen, dabei wusste ich nicht einmal wofür. Die Begegnung mit ihm hatte mich vollkommen aus der Bahn geworfen. Zwischen all den Fragen, die er in mir hinterlassen hatte, spürte ich den intensiven Wunsch, ihn schnellstmöglich wiederzusehen. Das war verrückt! Ich war verrückt! Gerade erst hatte ich eine lange und anstrengende Beziehung hinter mir. Ich war noch nicht bereit für jemand Neuen. Andererseits war Sean niemand Neues. Aber wie meine Mutter immer zu sagen pflegte: Aufgewärmte Suppe schmeckt nicht.

Das schien vernünftig. Dennoch verzehrte ich mich förmlich nach einer zweiten Chance mit Sean. In den vergangenen Jahren hatte ich immer wieder an ihn denken müssen. Was ich auch getan hatte, er war mir einfach nicht aus dem Kopf gegangen. Ich war dankbar, als mein Handy klingelte, denn es unterbrach mein lästiges Gedankenkreisen.

„Fischer", meldete ich mich, ohne auf die Nummer auf dem Display geachtet zu haben. Am anderen Ende hörte ich ein erleichtertes Seufzen.

„Du solltest deine Mutter doch anrufen, sobald du gelandet bist!"

Ich schluckte eine Rechtfertigung herunter, stattdessen rollte ich mit den Augen.

„Sorry, Mum, das hab ich wohl vergessen." Das war eine Lüge. Ich hatte sie absichtlich nicht angerufen, weil es mir einfach nur auf die Nerven ging, dass sie Kanada nach wie vor als Gefahr für unsere Mutter-Tochter-Beziehung ansah. In Deutschland hörten wir manchmal monatelang nichts voneinander. Kaum war ich hier, tat sie so, als wären wir unzertrennlich. Und das, obwohl keine Christa mehr da war, die ihr den Rang ablaufen konnte.

„Wie du hörst, bin ich heil eingetroffen." Ich gab mir alle Mühe, freundlich zu klingen.

Sie seufzte theatralisch. „Ach, Ellie, ich habe mir doch nur Sorgen um dich gemacht. Kannst du das denn nicht verstehen?"

„Doch, schon."

„Na siehst du. Erzähl, wie geht es dir in Kelowna? Hast du alles klären können?"

„Mutter, ich bin gerade mal einen Tag hier. Lass mich erst mal richtig ankommen."

„Hm."

Ihr Mangel an Einfühlungsvermögen war kaum auszuhalten.

„Du weißt, dass ich dich begleitet hätte, wenn es möglich gewesen wäre."

„Ich weiß." Sie wiederholte sich.

„Aber im Moment habe ich einfach zu viel um die Ohren. Der Hund ist krank und Hermann hat es mal wieder mit der Bandscheibe. Der Arzt hat ihm verboten zu fliegen. Er zieht sein rechtes Bein nach. Kannst du dir vorstellen, wie das klingt? Als würde jemand eine Leiche durchs Haus ziehen."

„Unheimlich."

„Was du nicht sagst."

Meine Mutter guckte definitiv zu viele Krimis.

„Muffin hat Durchfall. Ich komme mir hier vor wie in einem Sanatorium."

„Tja …" Ich wusste nichts dazu zu sagen. Das Leben meiner Mutter war ein ständiges Drama.

„Muffin bekommt jetzt Tabletten und Hermann jede Woche eine Spritze."

Die Reihenfolge amüsierte mich. Der Hund kam für sie immer an erster Stelle. „Hört sich nach Stress an."

„Oh ja!"

„Ich mach dir keine Vorwürfe", beteuerte ich.

„Das sagst du so." Ich hörte sie weinen. „Ich weiß, dass du glaubst, mir wäre der Tod meiner Schwester egal, aber das stimmt nicht. Ich habe sie geliebt. Wirklich, das habe ich."

In meiner Erinnerung sah alles ganz anders aus. Sie hatte Christa für alles kritisiert, was sie tat. Gleichzeitig war sie ihre härteste Konkurrentin – nicht nur, wenn es um mich ging. Wo auch immer Christa aufgetaucht war, war ihr die Aufmerksamkeit der Menschen sicher gewesen. Meine Mutter hatte sich stets von ihr in den Schatten gestellt gefühlt.

„Hm." Mehr konnte ich darauf nicht antworten. Es war furchtbar, dass es meiner Mutter nicht gelungen war, sich mit ihrer Schwester auszusprechen, bevor diese gestorben war.

„Christa starb allein." Ich konnte mich einfach nicht zurückhalten. „Muss schrecklich gewesen sein."

Meine Mutter weinte lauter. Es hatte ihr die Sprache verschlagen, sodass mein Stiefvater den Hörer übernahm.

„Ellie! Was hast du zu deiner Mutter gesagt?" Es sah ihm ähnlich mir vorzuwerfen, dass ich meine Mutter schlecht behandelte. Schon früher hatte er sich ausschließlich auf ihre Seite geschlagen, ganz egal, was sie auch getan oder gesagt hatte.

„Gar nichts. Ich habe ihr nur die Wahrheit über Christas Tod erzählt. Aber das wusste sie doch schon."

Er drosselte seine Lautstärke. „Würdest du dabei ein wenig mehr Verständnis für ihre Lage aufbringen? Es ist gerade alles sehr schwer für sie – dass sie jetzt nicht in Kanada sein kann, um bei der Beisetzung ihrer Schwester dabei zu sein, und dass Christa sich hat verbrennen lassen, macht es nicht besser – wo sie doch katholisch getauft ist."

„Was hat denn das damit zu tun?"

„Die Auferstehung Jesu", kreischte er, als läge das ja wohl auf der Hand. Schnell senkte er seine Lautstärke wieder. „Wie soll ein verbrannter Körper bitte auferstehen? Das musst du mir mal verraten."

„Gar nicht. Wir sind hier schließlich nicht in The Walking Dead."

„Ellie, das ist Blasphemie!"

Genervt verdrehte ich die Augen. Er und meine Mutter waren mit Abstand die größten Heuchler der Kirchengemeinde. Hermann rechnete täglich damit, wegen seiner sonntäglichen Bibellesungen in den Heiligenstand erhoben zu werden.

Ich schluckte eine Erwiderung hinunter. Es hatte keinen Zweck, ihn zu belehren. Obwohl ich inzwischen erwachsen war, fühlte er sich immer noch überlegen. Neben ihm wirkte meine Mutter wie ihr altersschwacher Yorkshire Terrier, den sie immer als Ausrede benutzte, um unangenehmen Dingen aus dem Weg zu gehen. Sie war unfähig, sich Problemen zu stellen. Stattdessen schickte sie Hermann vor, der die Dinge mit einer absonderlichen Strenge für sie regelte.

„Gib mir noch mal Mum." Ich wollte nicht an ihrem Nervenzusammenbruch schuld sein.

Hermann atmete in den Hörer. Im Hintergrund schnäuzte sich meine Mutter.

„Sie ist völlig aufgelöst." Hermann klang unerbittlich.

„Ist schon gut. Wir machen Schluss für heute. Geh sie trösten. Ich melde mich in ein paar Tagen wieder."

„Das wird das Beste sein. Und zögere nicht uns zu sagen, falls du irgendetwas benötigst."

Ich schnalzte mit der Zunge, verstimmt über sein Angebot. Was sollten sie schon von Deutschland aus ausrichten können?

„Klar", brummte ich endlich.

„Dann bis in ein paar Tagen."

„Bis dann." Ich legte so resolut auf, dass mein Zeigefinger anschließend kribbelte. Mein Puls war auf hundertachtzig. Aufgewühlt ließ ich meinen Blick umherwandern. Am Kühlschrank hing noch immer das Bild, das Christa und mich an einem Sommertag beim Angeln am See zeigte. Sie hatte es in all den Jahren nicht abgenommen. Ich ging darauf zu, nahm es in die Hand und hielt es ganz fest. Mit den Fingerspitzen strich ich wehmütig über das Foto. Eine Mischung aus Wut und Trauer brodelte in meinem Innern. Ich öffnete eine Flasche von Christas Lieblingsrotwein, schenkte mir ein Glas ein und trank es in einem Zug leer. War es falsch zu denken, dass ich Christa mehr geliebt hatte als meine Mutter und dass ich sie jederzeit gegeneinander ausgetauscht hätte?

Ich atmete tief durch und befestigte das Bild wieder am Kühlschrank. Es war falsch. In jedem Fall. So etwas durfte ich nicht denken, und trotzdem konnte ich nichts dagegen tun. Der Gedanke war da und das nicht zum ersten Mal.

Um mich endlich abzulenken, begann ich damit, Christas Sachen zu sortieren. Ich stieß auf das Festtagsgeschirr mit den blauen Blumen, das meine Tante nur zu besonderen Anlässen hervorgeholt hatte, und brachte es zu den Sachen, die ich behalten wollte ins Wohnzimmer. Dinge, die wegkonnten, stellte ich in die Küche. Drei Stunden später war das halbe Wohnzimmer vollgestellt, während die Küche, bis auf eine Kiste mit Kerzenresten und Ausgaben von *Readers Digest* leer geblieben war. Wenn das so weiterging, würde ich nie fertig werden.

Mittlerweile war es fast Mitternacht. Ich wollte versuchen, ein wenig zu schlafen, obwohl ich nicht müde war. Kurz nach meiner Ankunft hatte ich Christas Schlafzimmer gelüftet und das Bett frisch bezogen. Aber es blieb seltsam, in diesem Raum zu sein. Mein altes Zimmer wäre mir lieber gewesen, aber nachdem ich Christa Jahre nicht besucht hatte, hatte sie es in einen Hauswirtschaftsraum umgewandelt. Ich hatte also die Wahl zwischen einem altem, durchgesessenen Sofa und Christas Bett. Ich wählte Letzteres. Wie ich so dastand und mich in ihrem Reich umsah, überkamen mich erneut schmerzvolle Erinnerungen. Auf dem Nachttisch lag sogar noch das Buch, in dem Christa zuletzt gelesen hatte: *Legenden der Inuit.* Ich lächelte gedankenverloren. Mit den kanadischen Ureinwohnern hatte sie sich verbunden gefühlt, mehr als mit den europäischen Einwanderern. Ich wünschte ihr, dass sie ihr einen Platz unter sich gewährt hatten. Sie hatte es verdient. Obwohl ich die Erschöpfung in den Gliedern spürte, war ich hellwach. Ich nahm einen kräftigen Schluck aus meinem Weinglas, das ich mit nach oben gebracht hatte, und stellte es auf den Nachttisch. Nachdenklich nahm ich das Buch in meine Hände, strich über den festen Einband und blätterte mich durch die Seiten, bis hin zu dem gefalteten Stück Papier, das das Kapitel über Nanuk, dem mythischen Bärenwesen, markierte. Ich legte das Buch auf meinem Schoß ab und faltete das Papier auseinander. Verwundert stellte ich fest, dass es ein Brief von Christa war. Ich las:

*Mein Liebster,*

*ich habe deinen Brief bekommen. Verzeih mir, aber zuerst konnte ich nicht glauben, was ich las. Wenn man eine halbe Ewigkeit auf etwas wartet, immer wieder hofft, dass es endlich geschieht, ohne dass es eintrifft, fängt man an, vorsichtig zu sein. Bitte versteh mich nicht falsch. Ich habe lange, sehr lange auf diese Nachricht von dir gewartet, und ich freue mich, denn du scheinst dir sicher zu sein. Aber ich habe auch Angst. Was, wenn unsere Sehnsüchte alles sind, was das Schicksal für uns beide vorgesehen hat? Aus dem Schatten zu treten, wäre ein großer Schritt. Ein Schritt, den ich natürlich trotzdem wagen möchte. Für dich, für uns. Denn das sind wir uns schuldig.*
*Es gibt einiges, das ich dir sagen möchte, nicht in einem Brief, sondern persönlich, von Angesicht zu Angesicht.*

*Das letzte Mal, als wir allein waren, ist schon so lange her. Aber ich erinnere mich noch, als wäre es gestern gewesen. Wir waren gegen den Stamm des Mammutbaums gelehnt, am Ufer des Sees, unserem ganz speziellen Platz, und hielten einander fest. An diesem Morgen dachte ich, es könnte immer so sein. Oder zumindest irgendwann, wenn ich geduldig genug sein würde. Jetzt, da sich meine Möglichkeiten verändert haben, ist die Zeit mein schlimmster Feind geworden. Und unser „Irgendwann" scheint in unerreichbare Ferne gerückt. Tausend ungesagte Worte schießen mir durch den Kopf. Es ist zu viel, als dass es auf ein Blatt Papier passen würde. Und ehrlich gesagt, ich bin es müde zu schreiben. Was haben wir aus unserem Leben gemacht? Hatten wir nicht einmal große Pläne? Wollten wir nicht die Welt gemeinsam bereisen? Wenn ich an dich denke, ist es, als wäre der Abend im Sturgess, an dem wir uns zum allerersten Mal begegnet sind, nur ein Wimpernschlag entfernt. Manchmal kommt es mir so vor, als hätten wir beide es tatsächlich geschafft, die Zeit anzuhalten. Zumindest ein Stückchen. Für uns. Doch ein Blick in den Spiegel zeigt mir, dass vieles an mir vorbeigegangen ist, ohne dass ich es gemerkt hatte. Und mir wurde klar, dass die Zeit sich nicht anhalten lässt. Sie zerrinnt in unseren Händen, jede Sekunde bringt sie uns dem Unvermeidlichen näher. Mein Arzt hat eine Herzschwäche bei mir festgestellt. Plötzlich soll ich mich zurückhalten, mich schonen, die Arbeit auf der Ranch anderen überlassen, doch ich weiß, dass ich das nicht kann. Ich lebe für dieses Haus und das Land, auf dem es steht. Auch wenn nichts mehr so ist wie früher, kann ich es nicht verlassen. Und selbst wenn ich es wollte, lässt es mein Körper nicht mehr zu. Ich weiß nicht, wie lange mir noch bleibt, aber lass mich dir sagen, dass ich dir auch die letzten Tage meines Lebens schenken möchte. Komm zu mir, mein Liebster. Bleib bei mir und halte meine Hand, wenn ich gehe ...*

An der Stelle brachen die Zeilen ab. Mit großen Augen betrachtete ich das unvollendete Schriftstück. Zweifellos stammte der Brief von Christa. Ich erkannte ihre Handschrift. Die Tinte war von derselben hellblauen Farbe wie die, mit der sie auch meinen Brief geschrieben hatte. Doch an wen war er gerichtet? Was hatte das zu bedeuten?

Das Licht der Nachttischlampe flackerte. Geistesgegenwärtig suchte ich nach dem Kabel. Die Lampe war uralt. Vermutlich hatte sie einen Wackelkontakt. Ich nahm sie hoch, rüttelte ein wenig am Kabel und sie ging aus.

„Na toll", murrte ich im Dunklen. Plötzlich flackerte sie erneut auf und funktionierte wieder einwandfrei. Als ich sie zurück auf den Nachttisch stellen wollte, verfehlte ich ihn. Die Lampe rasselte herab und riss mit ihrem Schirm das Weinglas mit in die Tiefe. Polternd traf beides auf den weißen Teppichläufer vor dem Bett.

„So ein Mist!", fluchte ich, steckte den Brief zurück ins Buch und hastete ins Bad. Dort holte ich ein Handtuch, das ich fest auf den roten tellergroßen Fleck presste. Es nützte nicht viel. Der Teppich war ruiniert. Christa wäre außer sich gewesen. Resigniert schüttelte ich den Kopf. Ich hatte keine zwei Tage in Kelowna verbracht, ohne etwas kaputtzumachen. Das passte wieder einmal zu mir. Ich war ein wandelndes Chaos. Was hatte sich Christa nur dabei gedacht, mir ihre Ranch zu vermachen?

Energisch presste ich das Handtuch weiter auf den Rotweinfleck. Darunter gab der Boden knarrend nach. Hatte sich der Wein etwa schon ins Holz gefressen? Mit klopfendem Herzen schlug ich den Teppich zurück, dabei fiel mir auf, dass eine der Holzdielen locker war. Ich sah sie mir genauer an. Es wirkte nicht so, als hätte mein Wein-Unfall etwas mit ihrer Beschaffenheit zu tun. Allerdings sah sie auch nicht aus, als wäre sie einfach nur defekt. Vielmehr wirkte es, als wäre sie absichtlich nicht richtig angebracht worden. Mit dem Fingernagel löste ich sie achtsam heraus und legte sie beiseite. Unter ihr kam ein kleiner Hohlraum zum Vorschein, in dem sich eine quadratische Metalldose befand.

„Das gibt's doch nicht!", murmelte ich vor mich hin. Sofort dachte ich an den Schatz, der im ganzen Tal bekannt war. Existierte er tatsächlich?

Mit vor Aufregung klopfendem Herzen hob ich die Dose heraus. Sie war völlig verstaubt, aber leicht, was gegen einen Goldschatz sprach. Ich pustete den Staub vom Deckel, bevor ich die Kiste aufgeregt öffnete. Ihr Inhalt überraschte mich. Kein Bargeld, kein Schmuck und auch keine Wertpapiere. Die Kiste war bis zum Rand mit Briefen gefüllt. Ich ging sie durch. Sie waren auf einer Schreibmaschine getippt worden, weshalb ich sie zunächst für irgendeine geschäftliche Korrespondenz hielt. Anhand der Anrede und der handgeschriebenen Signatur erkannte ich jedoch, dass es sich um sehr persönliche Schriftstücke handeln musste.

„Merkwürdig", flüsterte ich, in Gedanken immer noch bei Christas Zeilen, die ich nur wenige Minuten zuvor gelesen hatte. Einige der Briefe in der Kiste waren in Umschlägen, andere lagen zusammengefaltet dazwischen. Neugierig faltete ich den obersten auseinander, dessen Ränder vergilbt waren. Was ich las, überraschte mich noch mehr. Denn das, was ich vor mir hatte, war nicht irgendein Schriftstück. Es war ein Liebesbrief.

*11. Januar 1961*

*Liebste Chris,*

*ich muss immer wieder an den Abend im Sturgess denken. Du hast in deinem grünen Kleid mit den weißen Punkten so wunderschön ausgesehen. Und du hast getanzt wie ein Engel. Niemand konnte die Augen von dir lassen. An diesem Abend hast du wieder einmal alle verzaubert. Ich kann nicht aufhören, an dich zu denken und leide deswegen furchtbare Qualen. Bitte hab Mitleid mit mir und gib meinem Wunsch nach einem Treffen nach, denn deinetwegen kann ich weder schlafen noch essen. Was hast du nur mit mir gemacht? Bitte komm am Samstagabend zu unserem besonderen Platz. Ich muss dich wiedersehen! Sag ja!*

*Gez. M*

Nachdenklich ließ ich den Brief sinken und schaute zwischen ihm und dem in Christas Buch hin und her. Gehörten sie zusammen? Hatte Christa an ihn geschrieben, diesen M? Warum hatte er seine Briefe getippt? Wer schrieb denn schon Liebesbriefe mit der Schreibmaschine?

Ich lehnte mich mit dem Rücken gegen den Bettrahmen und dachte nach. Ich war davon ausgegangen, alles über Christa gewusst zu haben, war der Überzeugung gewesen, dass sie weder romantisch noch melancholisch veranlagt gewesen war. Die Tatsache, dass sie eine Kiste mit Liebesbriefen unter einer Diele versteckt hatte, brachte das Bild, das ich von ihr hatte, ins Wanken. Auch die Zeilen, die sie geschrieben hatte, wühlten mich auf. Ich überflog die restlichen Briefe aus der Kiste. Sie waren nach Datum sortiert, und alle stammten vom selben Absender. Wer war dieser geheimnisvolle Mann, der jeden Brief mit einem kunstvoll geschwungenen M unterschrieben hatte?

Ich dachte angestrengt nach. Die Briefe ließen nur eine Schlussfolgerung zu: In Christas Leben hatte es wohl doch einen Mann gegeben, der ihr etwas bedeutet hatte. Warum sonst hätte sie seine Briefe aufheben sollen?

# Kapitel 4

Es klingelte an der Tür, und ich zuckte erschrocken zusammen. Während ich mich vom Boden aufraffte, warf ich einen Blick auf die Uhr auf dem Nachttisch. Halb eins. Wer konnte das zu so später Stunde noch sein? Ich warf mir meinen Morgenmantel über und knotete ihn auf dem Weg zur Haustür zu.

Es klingelte erneut.

„Ich komme ja schon“, rief ich ungehalten.

Die Ranch war so einsam gelegen, dass ich mir nicht erklären konnte, wer mich um diese Uhrzeit noch besuchte. Ich nahm all meinen Mut zusammen, lehnte mich gegen die geschlossene Tür und horchte hinaus. „Wer ist da?“

„Ich bin's, Sean.“

„Sean?“, hörte ich mich erleichtert fragen. Perplex schloss ich auf. „Hast du eine Ahnung, wie spät es ist?“, rutschte es mir heraus, wobei ich mir ein leichtes Lächeln jedoch nicht verkneifen konnte.

Er zuckte ahnungslos die Schultern. „Nein ... ja, sorry. Es ging nicht früher.“

„Es ist mitten in der Nacht.“

„Ich weiß.“ Hinter ihm wirbelten die Schneeflocken umher. Sein Jeep, der in der Auffahrt parkte, war bereits mit einer dünnen, weißen Schicht überzogen.

„Ich dachte, wir sehen uns morgen früh. Mit der Maklerin.“

Er kratzte sich nervös am Hinterkopf. „Ja, aber ich ...“

Ich musterte sein rot-blau kariertes Hemd, über dem er keine Jacke trug. Es war, als wäre er spontan zu mir aufgebrochen. Der eiskalte Wind blies den Schnee von der Veranda auf meine nackten Füße. Rasch suchte ich damit hinter der Tür Deckung.

„Darf ich reinkommen?“

Ich nickte verdattert, schob die Tür weiter auf und winkte ihn durch. Erst jetzt bemerkte ich die Flasche Apfelwein, die er in der Hand hielt, sagte aber nichts dazu.

„Ich dachte, du könntest vielleicht ein bisschen Gesellschaft gebrauchen.“ Sean folgte mir ins Wohnzimmer. „Es muss komisch für dich sein, so ganz allein in dem großen Haus.“

„Ein wenig.“ Noch immer wusste ich nicht, was sein nächtlicher Besuch sollte. Ich wandte mich ihm zu. Er schaute an mir hinunter und zog einen Mundwinkel zur Wange. „Ich hab dich doch nicht geweckt?“

„Nein“, antwortete ich kopfschüttelnd. „Ich konnte noch nicht schlafen.“

Er lächelte.

„Warum bist du hergekommen, Sean?“

„Ich ...“, er fuhr sich mit der Hand durchs Haar, „ich weiß auch nicht. Irgendwie hatte ich das Gefühl ... ich muss.“ Er prustete. „Ellie, ich hab nachgedacht, du darfst die Ranch nicht weggeben.“

„Bist du deswegen mitten in der Nacht gekommen? Während eines aufkommenden Schneesturms ... um mir zu sagen, was ich tun soll?“ Irgendwie nahm ich ihm das nicht ab.

„Ich weiß, wir sind nicht mehr die jungen Menschen
von damals. Wir haben uns beide verändert, weshalb
ich mir nicht anmaßen darf, über dich zu urteilen, aber
…", er biss sich kopfschüttelnd auf die Unterlippe, „… ich
glaube einfach nicht, dass du das wirklich willst. Ist es
nicht so, dass wir tief im Innern dieselben bleiben, ganz
gleich, wie viele Jahre auch vergehen?"

Seine Worte klangen ungewohnt tiefgründig. Er sah
mich aus seinen wunderschönen blauen Augen an, und
mein Herz begann wieder schneller zu schlagen. Warum war es ihm so wichtig, dass ich die Ranch behielt?
Bedeutete ich ihm noch etwas? Irgendwie gefiel mir der
Gedanke.

„Was würde Christa wohl wollen?" Seans Frage riss
mich aus meinem Schwelgen.

Ich nahm einen tiefen Atemzug, denn eine Antwort
hatte ich darauf nicht. Nicht mehr.

„Ganz ehrlich …", ich ging einige Schritte umher, „…
ich weiß nicht, was Christa gern gehabt hätte. Was sie
von mir verlangen würde …" Ich sank auf die Couch.
Sean stellte die Flasche auf dem Tisch ab, jedoch nicht,
ohne die Urne ausgiebig zu betrachten.

„Es ist etwas geschehen", fuhr ich fort. Sean legte die
Stirn in Falten.

„Etwas, das alles, was ich zu wissen glaubte, infrage
stellt."

Seufzend nahm er zwei Gläser aus der Vitrine neben
dem Bücherregal und setzte sich neben mich auf die
Couch. „Was ist passiert?" Er löste den Korken aus der
Flasche und schenkte den Wein ein.

„Ich weiß nicht, wo ich anfangen soll."

„Erzähl's mir."

„Ach", ich seufzte, „allein, dass ich hier bin, macht alles so schwer. Mir war nicht klar, welche Wirkung der Aufenthalt auf mich haben würde. Hier fühle ich mich anders als in Deutschland. Irgendwie freier."

Sean lächelte und hob sein Glas, um mit mir anzustoßen. „Ich wusste es. Du willst nicht verkaufen. Du kannst es nicht."

Ich nahm einen Schluck Wein. „Ich habe nie gesagt, dass ich es will. Es ist nur so, dass die Ranch für mich allein zu groß ist."

Er lächelte breiter. „Auf einmal sprichst du schon nicht mehr davon, dass dein Platz in Frankfurt ist und den Quatsch, dass du Geld brauchst, hab ich dir eh nicht abgenommen. Wir machen also Fortschritte. Das ist gut."

„Bist du jetzt etwa Psychiater?"

Sean grinste. „Nein, aber ich kenne dich ziemlich gut."

Ich ließ das mal so stehen.

„Wovor hast du Angst, Ellie? Du hattest doch nie vor irgendetwas Angst."

„Ich war nie wie Christa. Ich hatte sehr wohl hin und wieder Angst", konterte ich.

„Jeder hat hin und wieder Angst. Das ist nur natürlich. Entscheidend ist allein, dass wir uns nicht von ihr kontrollieren lassen. Dass wir uns der Angst stellen. Sie als eine Herausforderung sehen."

„Jetzt klingst du wirklich wie ein Psychiater. Was hast du getrieben, während ich weg war? Hab ich irgendwas nicht mitgekriegt?"

„Das bleibt mein Geheimnis", sagte er und hob verschwörerisch die Brauen. „Es gibt Dinge, die weiß ich eben."

„Soso."

„Und dazu gehört zum Beispiel auch, dass du in Deutschland nicht glücklich bist."

„Steht mir das auf der Stirn geschrieben?"

„Warte, ich schau mal nach." Er strich mir das Haar aus dem Gesicht und tat, als würde er sich vergewissern. Ich ließ es zu. Unsere Blicke trafen sich, und ich verlor mich in seinen wunderschönen Augen. Er lächelte sanft, als er mir das Haar in den Nacken legte. „Du würdest die Ranch mit Sicherheit ebenso gut bestellen wie Christa. Das würde dich glücklich machen."

„Glaubst du das?"

„Das weiß ich."

Einen Moment lang saßen wir uns schweigend gegenüber. Ich spürte meinen rasanten Herzschlag und das warme Gefühl in meiner Magengrube, das sich allmählich ausbreitete.

„Also", durchbrach er die Stille, „wie sieht sie aus, deine Herausforderung?"

Ich spürte, wie Sean mich anschaute, auch wenn er es zu verbergen versuchte. In seinem Blick lag eine tiefe Verbundenheit. Kein anderer Mann hatte mich je so angesehen. „Ich fürchte mich nicht vor einer Herausforderung, sondern vor der Einsamkeit. Und ich würde es nicht eine Herausforderung nennen, einsam zu sein. Es ist vielmehr ein ziemlich trauriger Umstand."

Sean zögerte kurz, ehe er nachhakte. „Du sprichst von Christa?"

„Es war mir bis heute nicht bewusst, aber jetzt fürchte ich das Alleinsein umso mehr."

Er schwieg.

Ich hatte noch nicht alle von Christas Briefen gelesen, doch dieser eine war unmissverständlich. Sie hatte einen Mann geliebt, mit dem sie nicht zusammen sein durfte. Und das hatte sie zu einer einsamen Frau gemacht. M hatte ihr viel bedeutet, sonst hätte sie seine Briefe nicht all die Jahre aufgehoben. Ich war gespannt zu erfahren, ob die anderen Briefe eine Antwort darauf gaben, warum Christa und er nicht zusammen sein konnten.

„Wie ist es dir in den letzten Jahren ergangen?" Immer noch spürte ich Seans Blick auf mir. Wahrscheinlich glaubte er, ich hätte in Deutschland irgendeine traumatische Erfahrung gemacht.

Ich zuckte die Schultern. „Zwischenzeitlich dachte ich, alles wäre gut. Normal eben."

„Also hat es sich zwischen dir und deiner Mutter entspannt?"

Wieder zuckte ich die Schultern. „Irgendwie schon."

„Dann hast du ihr vergeben, dass sie dich damals weggeschickt hat?"

„Manchmal muss man die Dinge wohl einfach gut sein lassen."

„Hast du ...", er senkte den Blick und räusperte sich lautstark, „... bist du verheiratet?"

Verstohlen schaute ich ihn an. „Nein."

Ich glaubte Erleichterung in seinem Gesicht zu erkennen.

„Es gab da eine längere Beziehung, aber ... es hat nicht sein sollen." Dass es sich mit meinem Exfreund nie so angefühlt hatte wie mit ihm, behielt ich für mich. Es war nur natürlich, dass die erste große Liebe einen besonderen Platz im Herzen eines Menschen einnahm.

Ich hatte Sean auf ein Podest gestellt. Wahrscheinlich hatte kein anderer je eine reelle Chance gehabt. Im Nachhinein hatte ich das Gefühl, meinem Ex gegenüber nicht ehrlich gewesen zu sein. Der Arme hatte sich bemüht, aber er war eben nicht Sean gewesen.

„Was ist mit dir?", fragte ich mit leichter Anspannung und hielt die Luft an. „Hast du geheiratet?"

Er sog hörbar Luft ein. „Nein. Auch nicht."

Ich atmete durch. Sean nahm einen hastigen Schluck aus seinem Glas.

„Das hatte ich nicht erwartet", gestand ich mit einem Lächeln auf den Lippen. „Du hast immer früh eine eigene Familie gewollt."

„Tja", er druckste herum, „es hat sich irgendwie nicht ergeben."

„Hm." Mit ihm in Christas Wohnzimmer zu sitzen, zusammen mit den sterblichen Überresten meiner Tante, war verdammt merkwürdig. Nie hätte ich gedacht, dass es mal dazu kommen würde.

„Dann tut es dir also gut, wieder hier zu sein?" Sean wechselte abrupt das Thema.

Ich stellte mein Glas auf die Tischplatte und nickte.

„Das ist schön", sagte er und suchte meinen Blick. Er sah mich durchdringend an und wieder wurde mir ganz heiß.

„Was hast du vorhin gemeint?" Er machte schmale Augen. „Als du sagtest, du wärst dir mit nichts mehr sicher."

„Ach", ich winkte ab. Dass ich das vor ihm erwähnt hatte, hatte ich schon fast vergessen. „Wahrscheinlich interpretiere ich da zu viel hinein, und es ist überhaupt nicht wichtig."

„Erzählst du es mir trotzdem?“

Ich musste lächeln und drehte mich vollständig zu ihm um. „Okay. Du weißt doch noch, dass Christa nie einen Mann an ihrer Seite wollte?“

Er nickte lang anhaltend. „Ja, sie war ziemlich emanzipiert. Warum?“

„Ich weiß noch immer nicht, was ich davon halten soll, aber eben habe ich durch Zufall eine Kiste entdeckt. Sie war unter den Dielen im Schlafzimmer versteckt.“

„Du hast den Schatz gefunden?“

„Jein. Das heißt, ich weiß nicht, ob es besagter Schatz ist. Wenn, dann ist er anders als alle vermuten.“

„Ich fürchte, ich kann dir nicht ganz folgen.“

„Halt dich fest. Dieser Schatz, diese Kiste, ist voller Briefe.“

„Briefe?“, raunte er ernüchtert.

„Aber nicht irgendwelche. Es sind Liebesbriefe. Geschrieben von einem Verehrer, der mit M unterzeichnet hat.“

„Interessant. Kann ich sie sehen?“

Ich nickte, sprang auf, hastete die Treppe hoch, und holte die Kiste und das Buch mit Christas unvollendetem Brief darin. Zurück im Wohnzimmer reichte ich Sean zunächst die Kiste. Er öffnete sie, faltete einen der Briefe auseinander und las gespannt. Als er damit fertig war, schaute er stirnrunzelnd zu mir auf.

„Was hältst du davon?“, fragte ich ihn, weil ich seine Meinung nicht abwarten konnte.

Er überlegte sichtlich. „Vielleicht gab es in ihrer Jugend doch einmal einen Mann, von dem sie dir nur nichts erzählt hat. Eine Affäre.“

„Unwahrscheinlich.“

Er überflog die restlichen Briefe. „Warum sind sie mit der Schreibmaschine geschrieben worden? Das ist unüblich, oder?“

„Finde ich auch.“

„Und was ist das?“ Er wies auf das Buch, das ich umklammert hielt.

„Das ist der Beweis, dass es Christa ernst war. In diesem Buch hat sie zuletzt gelesen. Darin habe ich einen weiteren Brief gefunden. Er ist unvollendet, aber ich denke, sie hatte vor, ihn ihm zu geben.“

Ich deutete mit dem Buch auf den Brief in Seans Hand.

„Das ist eine ziemlich filmreife Theorie.“

„Kann sein.“ Ich blies lautstark Luft aus, während mein Blick zur Zimmerdecke ging.

„Aber wäre es nicht aufregend zu wissen, wer hinter M steckt?“

„Irgendwie schon.“

Eine Weile blieb es zwischen uns still. Das Licht begann zu flackern. Der Moment hätte nicht passender sein können. Schließlich ging es ganz aus.

„Ein Stromausfall?“ Ich tastete mich zum Kamin, auf dem ich eine Packung Streichhölzer gesehen hatte. Rasch zündete ich die Kerzen im Silberleuchter an, der danebenstand.

„Ich werde mal nachsehen.“ Seans Gesicht war vom Kerzenschein erhellt. Er blieb vollkommen ruhig. „Da ist bestimmt nur die Sicherung rausgeflogen.“

„In Ordnung. Der Stromkasten ist im Keller.“ Ich war nicht sicher, ob er sich noch daran erinnerte. Es war nicht das erste Mal, dass der Strom ausgefallen war.

Christas Haus war alt und hatte schon lange neue Leitungen nötig, aber das hatte sie stets aufgeschoben. Ich war heilfroh, dass Sean da war. Der Keller des alten Gemäuers hatte mir schon immer Angst eingejagt. Seit ich hier war, war ich noch nicht ein einziges Mal unten gewesen.

„Aber sei vorsichtig, ja?"

„Du guckst zu viele Horrorfilme, Ellie."

Ich folgte Sean in die Küche, von wo aus eine Tür in den Keller hinunterführte. Er öffnete sie und zog an der Lichtschnur. Nichts.

„Da ist wohl doch mehr als nur eine Sicherung rausgeflogen", murmelte er. „Hast du eine Taschenlampe oder sowas?"

Ich holte mein Handy zu Hilfe und leuchtete für ihn die steilen Stufen hinunter. Spinnweben wehten gespenstisch von der Decke.

„Darf ich mal?" Sean nahm mein Handy und ging in den Keller. Wie angewurzelt blieb ich am Treppenabsatz stehen. Ein Ächzen war zu hören, als Sean den Stromkasten öffnete. Darauf folgte das klickende Geräusch einrastender Sicherungen.

„Tut sich was?", fragte Sean.

Ich spähte ins Wohnzimmer. Es war immer noch dunkel. „Bis jetzt nicht", rief ich ihm zu.

Weiteres Klicken folgte. Endlich leuchtete die Küchenlampe wieder, auch aus dem Wohnzimmer drang Licht.

„Es geht wieder!", rief ich in den Keller. Sean stapfte die Stufen wieder hinauf. Oben angekommen schenkte er mir ein Lächeln.

„Ein Glück, dass du hier bist."

Er schloss die Kellertür hinter sich. Als er sich anschließend wieder zu mir umdrehte, schlug mein Herz einen Purzelbaum.

„Ich wusste doch, es würde für etwas gut sein, wenn ich komme", sagte er mit weicher Stimme.

„Ich bin froh, dass du gekommen bist", entgegnete ich erstickt.

Seans Augen leuchteten auf. Wir standen uns direkt gegenüber. Er sah mich an, und ich fühlte mich in die Vergangenheit zurückversetzt. In eine Zeit, in der ich glaubte, in Sean den Mann fürs Leben gefunden zu haben. Nie hatte ich einen anderen gewollt. Meine Gefühle schäumten über, als wäre ich noch immer das naive Mädchen von damals, das für seine große Liebe alles gegeben hätte, ja sogar für sie gestorben wäre.

„Ich bin auch froh, hier zu sein", gab Sean nach einer Pause zu, dabei sah er mich unentwegt mit diesem besonderen Blick an, der meine Knie weich werden ließ.

„Und jetzt?" Ich machte einen mutigen Schritt auf ihn zu.

Er blinzelte verlegen. „Hier." Er hielt mir mein Handy hin.

Als ich es entgegennahm, berührten sich unsere Finger. Mein Puls legte noch mal an Tempo zu. Mir war nicht klar gewesen, wie sehr ich Sean vermisst und wie ich mich nach ihm gesehnt hatte. Alles, was ich wollte, war er. Nach all der Zeit, nach den Entbehrungen, dem müden Lechzen nach der Perfektion, die nicht existierte. Endlich hatte ich begriffen, was damals schon glasklar vor mir lag. Ohne dass ich etwas dagegen machen konnte, brannte sich die Erinnerung in meinen

Kopf, wie es gewesen war, mit Sean zu schlafen. Die ersten Erfahrungen mit ihm durchlebt zu haben. Er war ein fantastischer Liebhaber gewesen. Zärtlich, hingebungsvoll. Damals fehlte mir natürlich der Vergleich. Doch auch jetzt noch – zwölf Jahre und vier zum Scheitern verurteilte Beziehungen später – führte Sean meine imaginäre Bestenliste an. Ich legte meine Hand auf seinen Arm und kam ihm noch näher. Kein Mann wurde ihm gerecht. War es, weil er schlichtweg der erste für mich gewesen war? Manchmal hatte ich mir das einzureden versucht, war jedoch immer wieder zu dem Schluss gekommen, dass Sean einfach unvergleichlich war – in jeder Hinsicht.

„Du hast mir gefehlt", brach es aus mir heraus.

Seufzend strich er mir eine Haarsträhne hinters Ohr. „Du mir auch", gab er leise zu.

Mein Herz polterte in meiner Brust. Nervös hielt ich den Atem an. Sean wich nicht zurück, übernahm aber auch nicht die Initiative. Wir waren nur wenige Zentimeter voneinander entfernt, standen uns direkt gegenüber. Einen Moment glaubte ich Unschlüssigkeit in seinem Gesicht zu erkennen, dann blitzte so etwas wie Ablehnung in seinen Augen auf, und ich zuckte verwirrt zurück.

„Es ist schon sehr spät", sagte er schließlich, löste meine Hand von sich und ging zurück ins Wohnzimmer. „Ich habe dich schon viel zu lange vom Schlafen abgehalten."

„Das hast du gar nicht", versicherte ich ihm, aber es änderte nichts.

„Ich sollte jetzt gehen." Auf einmal hatte er es sehr eilig. Er wirkte, als wäre er sich nicht mehr sicher, ob es richtig gewesen war, mich zu besuchen. Ehe ich begreifen konnte, was gerade passierte, war er bereits an der Haustür, legte die Hand auf die Klinke, wo er zögerlich innehielt. Ich ging ihm nach.

„Du störst mich nicht", erklärte ich ihm nochmals. „Das könntest du gar nicht."

Er starrte einen Augenblick lang auf die geschlossene Tür.

Draußen heulte der Wind. Der Schnee bedeckte die Scheibe des kleinen Fensters in der Haustür wie eine Decke aus weißem Samt. Es war unmöglich hinauszuschauen.

„Sean. Bleib doch", flehte ich.

Er wandte sich mir noch einmal zu. Sein gequälter Blick verriet, dass er hin- und hergerissen war.

„Du solltest versuchen, etwas zu schlafen. Wir sehen uns dann morgen früh." Er riss die Tür auf.

Ein eisiger Wind strömte herein. Schnee wirbelte auf die Fußmatte im Flur. Ich ging näher zu Sean, warf einen Blick hinaus in die stürmische Winternacht. Der Bewegungsmelder aktivierte das Licht auf der Veranda. Es gab die Sicht auf Seans völlig eingeschneiten Jeep frei. Das Wetter sah nicht so aus, als würde es sich in den nächsten Stunden bessern. Ich suchte Seans Blick. Zaghaft schaute er zu mir. Ich wollte nicht, dass er glaubte, ich wolle ihn um jeden Preis zum Bleiben bewegen, aber draußen herrschte ein ausgewachsener Schneesturm. Die Straße am Ende der Auffahrt war nicht mehr zu erkennen.

„Du solltest die Nacht über lieber hierbleiben. Es wäre Wahnsinn, jetzt zu fahren."

Sean blickte in die schrägen tanzenden Flocken, dann drückte er die Tür zu. „Vielleicht hast du recht."

„Du kannst auf dem Sofa schlafen. Es ist zwar nicht mehr das Beste, aber ..."

„Es wird schon gehen", unterbrach er mich nickend.

Ich ging zurück ins Wohnzimmer. Sean folgte mir langsam. Ich fühlte mich furchtbar. Offensichtlich hatte er sich von mir bedrängt gefühlt. Das hatte ich nicht gewollt. Ich nahm mir vor, die Sache klarzustellen.

„Ich ... wollte dir eben nicht zu nahekommen", sagte ich, während ich die Schlafcouch auszog. „Irgendwie wurde ich total von etwas übermannt, das eine Ewigkeit zurückliegt."

„Schon gut." Er grinste leicht. „Das verstehe ich." Er nahm die Decke und das Kissen entgegen, welche ich aus dem Bettkasten gezogen hatte.

„Ach wirklich?"

„Ja." Er legte alles für sich zurecht.

Mir fiel ein Stein vom Herzen. „Ich dachte schon, du würdest denken, ich wäre ..." Mir fehlten die richtigen Worte, um das Chaos zu beschreiben, das in mir tobte, sobald ich ihn ansah. Ich konnte ihm ja schlecht sagen, dass ich eben am liebsten wie ein hormongesteuerter Teenie über ihn hergefallen wäre. Was musste er nur von mir denken? Die Tatsache, dass der Schneesturm uns dazu verdammte, diese unangenehme Situation auszusitzen, bescherte mir ein unwohles Gefühl in der Magengegend. Ich konnte nicht fliehen, höchstens in mein Schlafzimmer. Zu wissen, dass Sean so lange hier unten sein würde, machte jene Flucht allerdings lächerlich.

Er sank auf die Bettcouch, und ich merkte, wie sein Blick an der Urne hing, die ihm gegenüberstand.

„Oh ja …" Ich spurtete zum Kamin. „Was machen wir mit ihr?" Vor der Urne stehend, stemmte ich die Hände in die Hüften und grübelte angestrengt.

„Es macht mir nichts aus." Seans Versuch, die Merkwürdigkeit der Umstände herabzuspielen, misslang. Ich sah ihm an, wie verunsichert er war. Hatte es mit Christas Asche zu tun oder mit mir, oder war es schlichtweg eine aufrührende Mischung aus allem? Ich wusste es nicht.

„Es stört mich nicht, wirklich", beteuerte er.

Ich rümpfte die Nase. „Im selben Haus mit einer Urne zu sein, ist eine Sache. Aber im selben Zimmer schlafen zu müssen …" und klemmte mir Tante Christa unter den Arm. „Ich bin sicher, es macht ihr nichts aus, die Nacht woanders zu verbringen."

„Das muss sie nicht."

„Christa hat nichts dagegen." Ich ging in die Küche, wo ich die Urne vorsichtig in den kleinen angrenzenden Vorratsraum stellte. Direkt zwischen das Einmachobst und die Gewürzgurkengläser. Auf bizarre Art und Weise fügte sich die Urne ins Gesamtbild.

„Nur vorübergehend, Tantchen, versprochen", raunte ich und schloss die Tür.

„Mach dir meinetwegen bitte keine Umstände", sagte Sean, als ich zurück ins Wohnzimmer kam.

„Das sind keine Umstände."

„Ich hätte nicht herkommen sollen." Er klang, als würde er zu sich selbst sprechen. War das meinetwegen? Was hatte ich mir nur dabei gedacht, so aufdringlich zu sein?

„Es tut mir leid, Sean. Manchmal bin ich einfach … zu impulsiv."

Ratlos schaute er zu mir auf. „Du hast nichts falsch gemacht, Ellie. Ich … ich bin derjenige, der …"

Ich hob eine Hand. „Quatsch, Sean. Zurzeit weiß ich einfach nicht, wo mir der Kopf steht."

„Das ist doch verständlich."

„Nein. Das hat nichts mit Christa zu tun. Jedenfalls nicht nur. Ich war auch schon davor durcheinander."

„Also jetzt hast du mich neugierig gemacht."

Ich schüttelte den Kopf. „Glaub mir, mein Leben ist alles andere als spannend." Darauf wollte ich gar nicht näher eingehen. Ein anderes Thema ging mir nicht aus dem Kopf, und ich hatte noch immer mit seiner Ablehnung mir gegenüber zu kämpfen.

„Offengestanden …", begann ich, denn ich wollte das nicht so stehenlassen, „ich weiß noch immer nicht, warum du mitten in der Nacht vor meiner Tür gestanden hast. Und bitte versteh mich nicht falsch: Es ist schön, dich hier zu haben, wirklich. Aber wenn du nur hergekommen bist, weil du mich vom Verkauf der Ranch abhalten wolltest …", ich schnappte nach Luft, „… hätte das nicht bis morgen warten können?"

Er sah zu mir auf und nahm einen tiefen Atemzug, machte jedoch keine Anstalten zu antworten.

„Schon okay. Verstehe." In Wahrheit wusste ich noch weniger als vorher. Allerdings hoffte ich nicht mehr, aus Sean noch in dieser Nacht schlau zu werden. Irgendetwas war seltsam an ihm. Nur wusste ich nicht was.

„Lass uns einfach schlafen." Ich wandte mich zum Gehen.

„Ellie …"

„Ja?“ Ich drehte mich nochmals zu ihm um.

„Ich wollte einfach ganz sicher sein.“

„Worin?“

„Wahrscheinlich hältst du mich jetzt für bescheuert.“ Ich betrachtete ihn abwartend.

Er grinste mit einem schiefen Lächeln, dann schüttelte er den Kopf. „Dass du auch wirklich hier bist.“ Seufzend blickte er mich an. „Nach all den Jahren …“ Er stützte die Unterarme auf seine Knie und vergrub das Gesicht unter seinen Händen. „Heute Morgen, als ich dich wiedergesehen habe, war es für einen Moment so, als wäre keine Zeit vergangen. Wahrscheinlich wollte ich einfach wissen, was dahintersteckt. Das ist alles.“

Perplex kehrte ich zur Couch zurück. Ich setzte mich neben ihn.

„Du wirst lachen …“ Zaghaft legte ich meine Hand auf seine Schulter. „Mir ging es genauso.“

Er ließ seine Hände sinken und hob den Kopf.

„Ich nehme an, dass es nur normal ist, wenn man seine erste Liebe nach so langer Zeit wiedersieht.“ Ich zuckte die Schultern. „Das würde jedem so gehen.“

„Ja“, hauchte er, ohne den Blick von mir zu nehmen. Ich wurde das Gefühl nicht los, dass er mit sich rang. Aber warum? Obwohl ich ihn gerne geradeheraus gefragt hätte, brachte ich es nicht über mich. War es aus Trotz, oder hatte ich Angst davor, was er mir vielleicht sagen würde? Sean war schließlich derjenige gewesen, der den Kontakt damals abgebrochen hatte. Auch wenn ich Kanada verlassen hatte, war es dennoch seine Entscheidung gewesen, uns aufzugeben.

„Es ist spät geworden.“ Langsam nahm ich meine Hand von seiner Schulter. Bevor ich aufstehen konnte, hielt Sean mich an der Hand zurück. Er hielt sie ganz fest in seiner.

„Ellie." Er klang ernst, als er meinen Namen flüsterte. Zu ernst. Hatte er vor, mir nach all den Jahren zu erklären, warum er sich damals gegen uns entschieden hatte? Es war noch keine zehn Minuten her, da hatte er fluchtartig das Haus verlassen wollen. Was war nur los mit ihm? Auf einmal wusste ich nicht mehr, ob ich das überhaupt wissen wollte. Ich hatte schon genug mit mir zu tun. Was auch immer er mir sagen wollte, es konnte bis morgen warten.

„Ich bin müde, Sean", verkündete ich, löste meine Hand aus seiner und stand auf. „Schlaf gut."

„Ja." Er lächelte matt. „Du auch."

Ich nahm die Kiste mit den Briefen und ging die Treppe zu meinem Schlafzimmer hoch. Dort warf ich mich erschöpft aufs Bett, stellte die Briefe neben meine Schuhe und kuschelte mich unter die Decke. Obwohl ich die Müdigkeit in jeder Körperfaser spürte, hielten mich die Ereignisse des Tages und der noch merkwürdigeren Nacht vom Schlafen ab. Allem voran Christas Geheimnis. Blind griff ich in die kleine Metallkiste hinein und fischte wahllos einen Brief heraus. Das Datum irritierte mich. Der Brief war nur ein Jahr alt. Das wurde ja immer merkwürdiger! Sofort war ich wieder hellwach. Ich zog die Knie an und las aufgeregt.

*Liebste Chris,*

*die Zeit war nicht immer gut zu uns. Momente, die wir miteinander teilten, verflogen viel zu schnell. Tage, an denen wir voneinander getrennt waren, zogen sich hin, als würden sie nie verstreichen. Auch jetzt spüre ich ihre Unbarmherzigkeit. Alles, was wir tun können, ist dem Leben zu trotzen, das uns immer wieder versuchte zu entzweien. Denkst du nicht auch, wir sollten endlich mutig genug sein zu genießen, was uns bleibt?*

*Was passiert ist, was von uns versäumt wurde, können wir nicht ungeschehen machen, aber wir können das Beste aus der Zeit machen, die uns noch bleibt.*

*Für immer der deine,*
*M*

Meine Augen weiteten sich, als ich den Inhalt wieder und wieder mit dem von Christas Brief verglich. Es war eindeutig: Sie gehörten zusammen. Perplex schüttelte ich den Kopf, als mir unvermittelt klar wurde, dass er womöglich immer noch auf Antwort wartete. M hatte niemals aufgehört ihr zu schreiben. Das bedeutete auch, dass er zu einer Zeit Teil ihres Lebens gewesen war, die ich mit ihr in Kelowna verbracht hatte. Wie hatte ich nichts davon wissen können? Ich fand keine Erklärung.

Nachdenklich legte ich den Brief auf den Nachttisch. Dabei drängte sich mir immer wieder eine Frage auf: Hatte ich meine Tante überhaupt richtig gekannt?

# Kapitel 5

Tageslicht drang durch die Vorhänge ins Zimmer. Ich rieb mir verschlafen die Augen und setzte mich im Bett auf. Noch immer fühlte ich mich wie gerädert. Die vergangene Nacht war seltsam gewesen. Nicht nur, weil ich Briefe gefunden hatte, die meiner Tante offensichtlich sehr wichtig gewesen waren, sondern auch, weil Sean plötzlich vor meiner Tür gestanden und unfreiwillig bei mir übernachtet hatte. Im Grunde wusste ich immer noch nicht, warum es ihm so dringlich gewesen war mich zu besuchen – trotz Schneesturm und bestehender Verabredung für den nächsten Morgen. Irgendwie passte das alles nicht zusammen. Ich lag noch eine Weile hellwach im Bett. Auf dem Rücken liegend starrte ich grübelnd zur Zimmerdecke, als stünde dort oben irgendwo eine logische Erklärung für Seans seltsames Verhalten und Christas ungeahnten Hang zu romantischen Zeilen. Ich fand keine Antworten.

Gähnend setzte ich mich schließlich auf die Bettkante. Auf dem Nachttisch lag noch der Brief, der erst vor einem Jahr geschrieben worden war.

Ich konnte nicht anders und las ihn erneut, in der Hoffnung, irgendeinen Hinweis auf die Identität des Schreibers zu finden.

Es klopfte an der Tür, und ich löste mich ruckartig von dem Schriftstück.

„Ah, du bist wach." Sean steckte den Kopf durch den Türspalt.

Rasch strich ich mir das zerzauste Haar zurück und zog mir die Bettdecke über die nackten Beine. „Guten Morgen."

„Es hat endlich aufgehört zu schneien." Er kam herein, in den Händen zwei dampfende Tassen.

„Das ist gut", raunte ich. „Ich bin nämlich nicht darauf vorbereitet, eingeschneit zu werden."

„Was?" Er grinste. „Heißt wohl, du hast keine Vorräte angelegt."

„Spätestens morgen wären wir verhungert." Ich lachte.

„Wir haben den Wald in der Nähe. Ich hätte jagen gehen können. Ganz altmodisch. Wie meine Vorfahren."

„Du und jagen?" Ich unterdrückte ein Glucksen.

„Zweifelst du etwa an meinen männlichen Fertigkeiten?"

„Würde ich mir nie erlauben."

Er rümpfte die Nase. „Na, das klang jetzt aber nicht sehr ehrlich."

Ich hob entschuldigend die Schultern. Sean lächelte verschmitzt. „Ich hab mir erlaubt, die Auffahrt etwas freizuräumen."

„Ach ja? Du hast dich doch nicht überanstrengt?"

Er winkte kopfschüttelnd ab. „Mit Christas Schneeräumer ist das überhaupt kein Problem."

„Sie hat ein Räumfahrzeug?" Ich war erstaunt, denn davon wusste ich nichts.

„Steht hinten im Stall. Ich dachte, du hättest es schon gesehen."

„Nein. Schätze, deshalb war die Auffahrt bei meiner Ankunft geräumt."

Sean schwieg mit einem schmunzelnden Gesichtsausdruck.

"Um ehrlich zu sein, ich hab die Stallungen bei meiner Besichtigungstour ausgelassen. Ich hatte nicht damit gerechnet, dort etwas zu finden." In Wahrheit hatte ich Angst vor dem Anblick der großen, leeren Halle und der verwaisten Pferdeboxen gehabt.

„Wie kam Christa zu einem Schneeräumfahrzeug? Sie hielt doch nichts von solchen modernen Hilfsmitteln." Neben Räumfahrzeugen und Fernsehern hatte Christa auch Handys verpönt. Ich war verwundert zu hören, dass sie ihre Meinung geändert hatte – zumindest was das Schneeräumen betraf.

„Dad hat sich vor drei Jahren einen brandneuen Aufsitzer für unseren Hof und das Restaurant gekauft. Unseren alten hat er Christa angeboten, und sie hat ihn sozusagen übernommen, mit der Bedingung, dass sie sich nicht selbst draufsetzen muss. Also haben wir das für sie gemacht, wenn der Schnee kam."

„Du und dein Dad ... ihr habt ihr also geholfen?" Ich konnte nicht glauben, was ich hörte.

„Hauptsächlich ich. Wie du weißt, kam Dad mit Christa nie so gut aus."

Ich nickte. „Dann geschah das auf dein Betreiben hin? Das Schneeräumen auf der Ranch?"

„Ja. Sie tat mir leid. So allein wie sie war. Und anders als in anderen Gegenden dieser Welt scheint der Klimawandel uns noch nicht erreicht zu haben. Unsere Winter sind immer noch so frostig und weiß wie vor fünfzig Jahren."

Unmerklich fröstelte ich bei dem Gedanken an die Kälte, die Kelowna noch bis in den späten April dominieren würde. Der Frühling war kurz und der Sommer noch kürzer. Ein Land, in dem ein halbes Jahr lang der Winter tobte, war gewöhnungsbedürftig, auch für eine Deutsche.

„Keine Angst", Sean schien meine Gedanken gehört zu haben, „so schnell kommt kein Neuschnee."

„Glaubst du, ja?" Ich war mir da nicht so sicher, aber die Einheimischen kannten das hiesige Wetter immer noch am besten. Sie hatten es im Blut, spürten, wenn der Wind sich drehte und die Temperaturen abfielen. Auch Christa hatte diesen Instinkt besessen.

„Kaffee?" Sean kam an mein Bett.

„Du bist mein Retter." Lächelnd nahm ich die Tasse, die er mir hinhielt, und nippte vom Rand. Genau die richtige Menge Milch.

„Konntest du ein wenig schlafen?"

„Nicht besonders viel."

„Ich auch nicht."

„Oje. Die Couch?" Ich konnte es ihm nachfühlen. In meiner ersten Nacht hier hatten sich sämtliche Sprungfedern in meinen Rücken gebohrt.

„Es war nicht die Couch." Wieder sah er mich mit diesem durchdringenden Blick an.

„Es fühlt sich komisch an, in einem Haus mit der eingeäscherten Christa zu sein, oder? Zumindest geht es mir so."

„Nein. Merkwürdigerweise nicht. Nicht mehr, als ich gedacht hätte."

„Hm." Ich war verwirrt. „Wenn es nicht die Couch war und auch nicht Christa ... was hat dich dann vom

Schlafen abgehalten?" Ich betrachtete ihn gespannt. Hatte seine Schlaflosigkeit vielleicht mit mir zu tun? Ich wagte kaum, daran zu denken.

Sein Blick wanderte unsicher umher. Kurz sah er mich an, bedauernd, zweifelnd, dann räusperte er sich. „Diese Briefe …", ging er meiner Frage aus dem Weg und verwies auf das Stück Papier in meiner Hand, „… sie beschäftigen dich wohl sehr."

„Ja. Das tun sie. Weißt du, ich dachte immer, alles über meine Tante zu wissen. Ich glaubte ihr näherzustehen als jeder andere. Diese Briefe zeigen mir, dass ich mich geirrt habe. Ich war ihr nicht annähernd so nah wie ich immer dachte. Dabei war ich mir so sicher sie zu kennen. Dass sie mir vertraut hat. Jetzt ist es, als wäre alles eine riesige Lüge gewesen."

„Das tut weh, was?"

„Irgendwie schon."

„Ellie", er schluckte, „Geheimnisse zu haben ist menschlich. Jeder hat welche. Nur weil Christa etwas vor dir verheimlicht hat, bedeutet das nicht, dass sie dich nicht geliebt hat. Du warst ihr sehr wichtig!"

„Offenbar nicht wichtig genug. Sonst hätte sie es mir doch erzählt."

„Du weißt nicht einmal, ob es wirklich etwas Ernstes war. Vielleicht sieht es für dich nur so aus."

„Oh, es war ernst. Sehr ernst sogar. Der letzte Brief von Mr M ist gerade einmal ein Jahr alt."

Gedankenverloren seufzte ich. „Ich frage mich nur, wie ich es nicht merken konnte. Die Briefe wurden über einen Zeitraum von fast vierzig Jahren geschrieben, Sean. Es muss doch jemanden geben, der weiß, wer dieser M ist."

„Hm." Er grübelte offenkundig. „Vielleicht deine Mutter?"

„Sehr unwahrscheinlich. Ihr Verhältnis war nie gut, und so blieb es bis zum bitteren Schluss."

„Was ist mit Tobias?"

„Tobias!" Plötzlich fiel es mir wie Schuppen von den Augen. „Natürlich! Was, wenn er der geheimnisvolle Briefeschreiber ist? Das M könnte ja irgendeine andere Bedeutung haben. Möglicherweise ein Zweitname oder eine Koseform."

„Tobias ist erst vor drei Jahren nach Kanada gezogen. Du sagst selbst, dass die Briefe schon viel zu lange zurückreichen. Außerdem war er, nach allem, was ich weiß, sehr glücklich verheiratet. Ich kann es mir also nicht vorstellen."

Ich ließ die Schultern hängen. „Dann kommt er schon mal nicht infrage."

Sean schüttelte betreten den Kopf.

„Möglicherweise weiß er aber etwas über Christas geheimnisvolle Liebe." Ich dachte laut.

„Wenn sie es nicht einmal dir gesagt hat, glaube ich das nicht."

„Was ist mit deinem Vater? Könnte er etwas wissen? Die beiden hatten ungefähr dasselbe Alter."

„Ja, nur leider hatten sie sich nie viel zu sagen."

Das stimmte. Christa und Jo waren nie miteinander warm geworden. Wahrscheinlich waren beide einfach zu unterschiedlich gewesen. Außerdem hatte Seans Mutter Margery etwas gegen Christa gehabt. Sie war sehr dominant und veraltet in ihren Vorstellungen davon, wie sich eine Frau in der Gesellschaft zu verhalten hatte. Das genaue Gegenteil zu Christa, die sie aufgrund ihrer fortschrittlichen und unabhängigen Lebensweise nicht hatte ausstehen können. Für Margery Wheaton war es damals einer Katastrophe gleichgekommen, dass ihr Sohn ausgerechnet mit Christas Nichte zusammen war. Und solange ich mich zurückerinnern konnte, war sie in dem Versuch uns auseinanderzubringen niemals müde geworden. Aus dem Grund hatte ich sie nicht besonders gemocht, aber das hatte ich vor Sean nie erwähnt, und ich würde auch jetzt nicht damit anfangen. Er hatte sie verloren. Und er hatte seine Mutter geliebt.

„Könnte sonst jemand etwas mitbekommen haben?", fragte Sean und holte mich aus meinen Gedanken.

„Vielleicht Meredith?" Meredith war Christas einzige gute Freundin gewesen, an die mich erinnern konnte. Sie war dreifach geschieden gewesen und hatte in einem Reihenhaus in der Innenstadt gewohnt.

„Da kommen wir acht Jahre zu spät. Meredith war um einiges älter als deine Tante. Sie lebt leider nicht mehr", erklärte mir Sean. Einmal mehr kam es mir vor, als wäre ich eine Ewigkeit weggewesen.

Sean besah sich die Briefumschläge näher. „Keine Briefmarke. Sie sind nicht gestempelt."

„Das bedeutet, er lebt in der Gegend."

„Das denke ich auch."

„Es grenzt die Zahl der Männer ein, die infrage kommen."

„Sofern er nicht weggezogen ist."

„Oder verstorben."

„Trotzdem haben wir noch keinen Hinweis, wer er sein könnte. Es geht nichts aus den Briefen hervor."

„Es ist, als habe sie nicht gewollt, dass irgendjemand von ihm weiß.“

„Und er war mindestens genauso vorsichtig wie sie.“

„Aber warum? Meinst du, es war eine verbotene Liebe?“

Sean überlegte. „Vielleicht war er verheiratet.“

Ich zuckte die Achseln. „Oder sie wollte sich nicht eingestehen, dass sie jemanden brauchte – aus Angst, verlassen zu werden.“

„Klingt trostlos.“ Sean hatte genau das richtige Wort dafür gefunden. Wie gerne hätte ich Christa beigestanden, wäre für sie da gewesen, so wie sie stets für mich da gewesen war.

Sean nahm die Kiste mit den Briefen in seine Hände, holte einen Stapel heraus und breitete ihn hinter sich auf dem Laken wie einen Fächer aus. „Wenn es so gewesen war, hat sie einen großen Fehler gemacht. Denn hier war jemand sehr hartnäckig. Dieser Mann hat sie geliebt, und sehr wahrscheinlich liebt er sie noch immer. Er hätte sie nie verlassen.“

„Womöglich war ihr das nicht klar.“

„Deine Tante konnte stur sein.“

„Sehr stur“, bestätigte ich.

Er lächelte mich an. „Da kenne ich noch jemanden. Muss in der Familie liegen.“

„Hey!“ Ich verpasste ihm einen Knuff mit dem Ellenbogen.

Er lachte. Ich stieg mit ein, denn ich wusste, worauf er hinauswollte. Meinen Dickkopf hatte ich auch nach Jahren noch nicht abgelegt. Sean war immer derjenige gewesen, der nachgegeben hatte, obwohl auch er stur sein konnte. Manchmal hatte er mir deshalb leidgetan.

Allerdings immer erst im Nachhinein. Und dann hatte mich mein Eigensinn stets davon abgehalten, mich zu entschuldigen. Im Grunde hatte er es mit mir nicht besonders leicht gehabt. Berechtigterweise hatte ich mich deshalb gefragt, warum er ausgerechnet mit mir hatte zusammen sein wollen. Ich war ein schwieriger Mensch mit einer noch schwierigeren Vergangenheit. Damals hatte ich schon gewusst, dass meine Zukunft ebenso unstet sein würde. Und ich hatte recht behalten. Vermutlich hatte Sean das nach meiner Rückkehr nach Deutschland auch eingesehen und sich deshalb nicht mehr gemeldet.

„Hier hat sich nichts verändert", raunte Sean und ließ seinen Blick im Zimmer schweifen.

„Du erinnerst dich noch an diesen Raum?", fragte ich mit hochgezogenen Augenbrauen.

„Na klar. Er war immer tabu für uns. Aber ich weiß noch, wie wir uns einmal reingeschlichen haben."

„Uhhh", ich sog zischend Luft ein, „stimmt, ja."

„Du wolltest dir diese Ohrringe borgen. Diese großen runden."

„Die goldenen." Ich biss mir beschämt auf die Unterlippe. Nach all den Jahren gehörte diese Aktion immer noch zu denen, die ich am meisten bereute. „Ich hatte vor, sie unbeschadet zurückzubringen."

„Das hattest du." Sean nickte langanhaltend.

„Und das hätte auch geklappt. Christa hätte es nie herausgefunden ..."

„Ich weiß." Er lachte verhalten. „Wir haben in der Nacht einfach zu gut gefeiert. Ich sehe dich immer noch auf dem Flurläufer liegen."

„Ich hab's einfach nicht bis in mein Zimmer geschafft."

„War sie eigentlich sehr wütend wegen der teuren
Ohrringe?", hakte Sean nach.

Ich wurde ernst, starrte vor mich und dachte an den
Morgen danach zurück. Irgendwie musste es Christa
gelungen sein, mich ins Bett zu bringen. Ich hatte einen
Filmriss. Der Weg in mein Zimmer fehlte komplett.
Christa hatte mich ausschlafen lassen und mir später
ein Katerfrühstück ans Bett gebracht.

„Sie hat kein Wort über die Ohrringe verloren", murmelte ich. „Kein einziges Wort." Ich spürte, wie mir eine
Träne übers Gesicht rollte. „Und das, obwohl ich den einen verloren hatte. Der zweite lag auf meinem Nachttisch, als ich aufwachte. Christa hatte ihn einfach dort
liegen lassen." Ich zog die Nase hoch und nahm einen
Schluck von meinem Kaffee. Schniefend stellte ich die
Tasse auf dem Nachttisch ab.

„Ach, Ellie." Sean legte den Arm um mich. Unwillkürlich bettete ich meinen Kopf an seine Schulter. Es
fühlte sich gut an, ihm so nahe zu sein. Mein Herz
schlug heftiger, als ich seinen unverwechselbaren,
maskulinen Duft wahrnahm. Ich überlegte nicht lange
und ergriff seine Hand, verschränkte die Finger mit seinen. Eine Weile blieben wir eng aneinanderge-
schmiegt. Ich hörte Seans rasch fließenden Atem,
spürte sein Herz, das wie meins wild klopfte. Entschlossen richtete ich mich auf, mein Gesicht nah an seinem.

Er schaute mich an. Seine kristallklaren Augen funkelten. War das Liebe, die in seinem Blick lag? Nach all
der Zeit? Langsam näherte ich mich ihm. Ich konnte

seinen warmen Atem auf mir spüren. Kaum eine Handbreit lag noch zwischen uns. Nur noch wenige Zentimeter trennten meine Lippen von seinen. Dann riss uns die Türklingel abrupt auseinander. Sean stand als Erster auf.

„Ich werde nachsehen, wer das ist", stammelte ich.

Sean nickte geistesabwesend. Eilig warf ich mir meinen Morgenmantel über und stieg die Treppe hinunter. Auf dem Weg zur Tür verknotete ich hastig die Enden meines Gürtels miteinander, bevor ich öffnete.

„Na, guten Morgen und hallo!", trällerte die junge Frau mit der akkuraten schwarzen Bobfrisur auf meiner Türschwelle. Sie trug einen weißen Hosenanzug, darüber einen ebenso weißen Pelzmantel. „Sie müssen Ellie Fischer sein." Sie klimperte auffällig mit ihren langen, falschen Wimpern.

„Die bin ich", stammelte ich leicht perplex. Die Frau hielt mir ihre Hand hin. „Ich bin Jessica, Jessica O'Connor."

Ich kniff die Augen zusammen.

„Na, von *Kemmel & Whist*", half mir die Frau heiter auf die Sprünge und reichte mir ihre Visitenkarte. „Ihre Immobilienmaklerin."

Ich nickte erleuchtet. Den Termin, den Sean mit ihr ausgemacht hatte, hatte ich schon völlig verdrängt. Daran waren zweifellos die Ereignisse der vergangenen Nacht schuld. Ich legte meine Hand in ihre und zwang mich freundlich zu lächeln. „Bitte kommen Sie doch rein." Ich ließ die Tür ins Schloss fallen.

Die junge Frau musterte mich mit gespitzten roten Lippen. „Sie haben es doch nicht vergessen, oder?"

„Ich? Aber nein. Nein." Ich war noch nie eine gute Lügnerin gewesen, das schien ihr nicht zu entgehen. Sie grinste.

„Ach, das macht doch nichts. Machen Sie sich keine Sorgen. Ich weiß, Sie haben gerade viel zu tun." Sie schaute sich um, sah das Chaos im Wohnzimmer und setzte eine ernste Miene auf.

„Nein ... ich meine ... ja, hab ich, aber das hält mich normalerweise auch nicht davon ab, Termine einzuhalten ... oder aufzuräumen."

„Ich bitte Sie", sie tätschelte mir den Arm, als wären wir alte Freundinnen, „Sie haben gerade Ihre liebe Tante verloren und müssen sich um ihren nicht unerheblichen Nachlass kümmern. Sowas ist äußerst stressig." Sie zückte Block und Kugelschreiber aus ihrer Designertasche und stiefelte durchs Wohnzimmer. Ich eilte ihr hinterher.

„Wie viele Zimmer?", fragte sie, während sie sich unaufhörlich Notizen machte.

„Vier", antwortete ich und versuchte das Chaos auf dem Couchtisch einzudämmen.

„Geheizt wird mit ...?" Sie schaute fordernd zu mir auf.

„Über die Kamine. Meine Tante hielt nichts von modernen Alternativen."

„Uh ..." Sie machte ein zerknittertes Gesicht. „Das mindert den Wert."

„Das dachte ich mir."

„Ich darf mich doch ein wenig umsehen?" Ohne meine Antwort abzuwarten, ging sie zur Treppe. Wieder eilte ich ihr nach, als wäre das nicht mein, sondern ihr Haus. Auf halber Strecke kam uns Sean entgegen.

„Sean?" Die Maklerin verharrte am Treppenabsatz.

„Jessica." Sean tat überrascht. „Du bist früh." Er ging an uns vorbei ins Wohnzimmer.

Ich drehte mich im Stand zu ihm herum.

„Pünktlich wie immer", korrigierte Jessica ihn. „Was tust du schon hier? Ich dachte, wir wollten gemeinsam fahren."

„Ja, es kam etwas dazwischen."

„Und was?", zischte sie, ging auf ihn zu und sprach leiser. „Ich habe dich gestern versucht zu erreichen. Wo zum Teufel warst du denn?"

„Ich … hatte noch was zu erledigen." Seans Blick glitt zu mir. Er räusperte sich. „Es wurde später, also …"

„Aha." Jessica sah mit schmalen Augen abwechselnd zu mir und zu Sean. „Und dann hast du beschlossen vorauszufahren?"

„Genau." Sean vergrub die Hände tief in seinen Hosentaschen. Ich war irritiert. Waren er und diese Frau Freunde, Bekannte …? Ein eiskaltes Gefühl schlich sich über meinen Rücken. Schnell schüttelte ich die Überlegungen von mir. Sean schien die Situation ähnlich unangenehm zu sein. Geschickt lenkte er vom Thema ab.

„Hast du dir schon ein Bild von der Ranch machen können?"

Jessica machte einen geraden Rücken und grinste entzückt. „Von außen ist sie fantastisch. Die Lage, die Größe …"

„Die Stallungen. Hast du die gesehen?"

„Oh ja. Von außen wirken sie riesig!" Sie wirkte geradezu euphorisch.

„Sie sind in der Tat sehr geräumig", warf ich ein.

„Ideal für eine Rinderzucht oder Ähnliches." Wieder kritzelte sie etwas auf ihren Block.

„Pferde", wisperte ich.

Sie sah zu mir auf. „Wie bitte?"

„Pferde. Meine Tante hatte Pferde."

„Das kommt aufs selbe hinaus." Sie machte eine flotte Handbewegung. „Ich hab die Anzeige schon im Kopf. Wunderschöne Ranch in traumhaft, idyllischer Naturlage, weitläufige Wiesenflächen mit einem angrenzenden, herrlich gewachsenen Mischwald-Bestand. Dann das Haus ..." Majestätisch schritt sie in die Küche. „Das geräumige Anwesen versprüht den nostalgischen Charme der sechziger Jahre. Die handgearbeitete, kunstvoll verzierte Holzveranda ist im aufwändigen amerikanischen Kolonialstil gehalten. Auf zwei Etagen befinden sich, geschickt aufgeteilt, die lichtdurchfluteten, gemütlichen Räume – ideal für den fleißigen Landwirt und seine kleine Familie."

Von ihrem schnulzigen Gerede bekam ich Sodbrennen.

„Perfekt, oder?" Sie wandte sich mit einem strahlenden Lächeln an Sean, der zog eine Grimasse.

„Du hast recht!" Sie tippte mit dem Kugelschreiber aufs Papier. „Zu viele Adjektive."

Sean und ich tauschten unschlüssige Blicke.

„Wenn du es dir anders überlegen willst ...", sagte er und machte einen Schritt auf mich zu.

Blitzschnell ging Jessica dazwischen. „Sean, würdest du das Geschäftliche bitte mir überlassen?" Sie wandte sich an mich. „Die Ranch wird in Windeseile zu einem guten Preis verkauft sein. Sie werden es nicht bereuen."

Ich nickte verdattert.

„Sean hat mir ja schon gesagt, dass Pollard Creek toll ist. Aber ich muss sagen, ich bin wirklich sehr angetan.

Natürlich müssten einige Dinge erneuert werden. Aber das ist nicht das Problem. Die Lage der Ranch macht das allemal wett."

„Gut", raunte ich. „Wie lange wird es ungefähr dauern, bis wir einen Käufer haben?"

„Das lässt sich nicht so genau sagen. Aber ich bereite sofort alles vor, dann ist das Anwesen schon heute Nachmittag auf unserer Website."

„Ich möchte nur, dass es in gute Hände kommt. Das ist mir wichtig."

„Natürlich." Jessica nickte mit aufgesetzter Theatralik.

„Es ist ein außergewöhnliches Haus."

„Aber ja. Macht es Ihnen etwas aus, wenn ich mich oben ein wenig umsehe?"

Ich schüttelte den Kopf.

„Schön." Sie schulterte ihre Handtasche und stolzierte die Treppe hinauf. Als sie oben war, kam Sean zu mir.

„Ellie, du solltest noch etwas wissen." Er sprach im Flüsterton. „Etwas, das ich dir schon längst sagen wollte."

„Ich glaube, ich weiß, was du sagen willst."

Da war etwas zwischen uns. In den vergangenen Stunden hatte ich es deutlich gespürt, und ich war sicher, dass es ihm genauso ging. Mein Herz klopfte wie verrückt in seiner Nähe. Es war ein Fehler gewesen, damals zu gehen, ihn zurückzulassen. Das wusste ich jetzt. Ich traute mich nicht, diesen Gedanken, diesen Wunsch zuzulassen, aber ich kam nicht dagegen an.

„Tatsächlich?" Sean hob die Brauen.

Ich nickte mit einem kleinen Lächeln, denn ich hatte Mut gefasst. „Auch ich muss dir etwas sagen." Ich wollte gerade seine Hand ergreifen, als Jessica auf ihren hohen Absätzen die Treppe wieder hinunterkam.

„Es ist herrlich!", jauchzte sie. „Wirklich nostalgisch. Es sprüht nur so vom Glanz vergangener Tage. Ein Hauch von Wildem Western inmitten der unbescholtenen Natur Kanadas. Ja! Das hört sich besser an, zutreffender. Das sollte der Aufmacher der Anzeige sein." Sie zückte erneut Block und Stift und notierte sich ihren letzten Satz. Freudestrahlend kam sie anschließend zu mir.

„Miss Fischer", sie schüttelte meine Hand, „ich habe ein ausgesprochen gutes Gefühl. Wir werden ziemlich schnell einen Käufer für die Ranch finden, da bin ich sicher. Preislich sehe ich sie in den oberen vierhunderttausend, aber dazu werde ich noch mal meinen Chef, Mister Kemmel, zu Rate ziehen. Er kennt sich damit besser aus."

„So viel?" Mit einer solchen Summe hatte ich nicht gerechnet.

Sie nickte grinsend. „Es ist ein Schmuckstück, Miss Fischer. Und viele suchen genau nach einer solchen Immobilie. Ich melde mich, wenn ich einen Interessenten habe." Sie ging zur Tür.

„Kommst du, Sean?"

Er blieb wie angewurzelt stehen. Ich schaute verwirrt zwischen den beiden hin und her.

„Sean, Liebling, wir sind um zwölf mit meinem Chef zum Lunch verabredet. Du weißt doch, Robert legt Wert auf absolute Pünktlichkeit." Sie verschwand zur Tür hinaus.

„Liebling?", wiederholte ich mit erstickter Stimme und starrte Sean an. Ich hatte das Gefühl, als würde jemand mit einem Vorschlaghammer auf mein Herz einschlagen.

Zaghaft erwiderte Sean meinen Blick. „Ich wollte es dir sagen, Ellie. Wirklich."

Ich holte tief Luft. „Schon okay." Ich krallte mich, nach Halt suchend an der Haustür fest.

Sean blieb im Türrahmen stehen und blickte mich aus traurigen Augen an. Hatte er etwa Mitleid mit mir? Ich fühlte mich furchtbar dumm, weil ich seine Absichten falsch gedeutet hatte. Und ich schämte mich dafür, mich an ihn herangemacht zu haben. Dabei hatte er mir die ganze Zeit über sagen wollen, dass er mit dieser piekfeinen Immobilienmaklerin zusammen war.

„Jessica und ich ... wir sind ... verlobt", sagte er, als wäre es nicht schon genug gewesen. Und ich korrigierte mich gedanklich. Was meinem Herzen einen weiteren Schlag mit dem Hammer bescherte.

„Gratuliere", presste ich mühsam hervor. Ich biss mir auf die Unterlippe und nickte schwerfällig. „Sie ist ..." Suchend nach dem richtigen Wort machte ich eine Pause. Nervtötend, barbiehaft, wunderschön, jung, erfolgreich. „Toll", sagte ich endlich. „Ja, wirklich. Ganz reizend."

Er schaute mich betroffen an.

Ich war im Begriff die Tür zu schließen, aber Sean hielt sie auf.

„Ellie, ich ..."

Warum sah er mich immer noch so durchdringend an, dass es mich innerlich zerriss? Ich wollte das alles nicht.

„Du solltest jetzt gehen, Sean", sagte ich kühl.

„Ellie." Er seufzte schwerfällig. Ich wollte sein Mitleid nicht.

„Kommst du, Sean?", tönte es von der Auffahrt. Jessica setzte sich in ihren glänzenden Mercedes, der sich farblich kaum von der schneebedeckten Landschaft abhob.

„Du solltest deine Verlobte nicht warten lassen." Ich schloss ohne ein weiteres Wort die Tür.

Durch das Wohnzimmerfenster beobachtete ich, wie er die Verandastufen hinuntertrottete, in seinen Wagen stieg und hinter der Immobilienmaklerin davonfuhr. Bekümmert ließ ich mich daraufhin aufs Sofa sinken. Wie hatte ich so blind sein können? Es war dumm von mir zu glauben, Sean hätte nur auf meine Rückkehr gewartet. Sein Leben war weitergegangen. Genau wie meins. Unglücklicherweise hatten wir uns in unterschiedliche Richtungen entwickelt. Während Sean für mich immer der eine Mann sein würde, an den kein anderer heranreichte, hatte er in Jessica einen Ersatz gefunden, der keine Wünsche offenließ. Sie schien mir eine Frau zu sein, die mit beiden Beinen fest im Leben stand. Sie war erfolgreich, klug, selbstbewusst und wusste offenbar genau, was sie wollte. Mit ihr hatte ich nichts gemein. Ich hatte den besten Kerl ziehen lassen, den die Welt zu bieten hatte. Jetzt war sie die Frau an Seans Seite. Diejenige, die ihn glücklich machte. Und ich war allein, würde mit einem Dutzend Katzen als einziger Gesellschaft sterben. Ich sah meine Zukunft bereits vor mir. Die Fehler, die ich in der Vergangenheit gemacht hatte, waren nicht mehr geradezubiegen. Und ich hasste mich dafür, sie begangen zu haben.

# Kapitel 6

Als ich meinen Anfall von Selbstmitleid unter Kontrolle gebracht hatte, holte ich die Urne wieder aus der Vorratskammer. Ich stellte sie zurück auf den Kamin und dachte, dass sie an diesem Platz sogar irgendwie hübsch anzusehen war. Jetzt, da ich wusste, dass ich auch Sean für immer verloren hatte, spürte ich eine Leere in mir, die sich mit nichts auffüllen ließ. Ich hatte so viel falsch gemacht. Dabei war ich mir so sicher gewesen, alles richtig gemacht zu haben. Nicht nur für mich, sondern auch für Christa und für Sean. Ich war damals gegangen, weil ich für niemanden mehr eine Last sein wollte. Und weil ich geglaubt hatte, ich könnte etwas verpassen, wenn ich nicht alle Möglichkeiten ausschöpfte. Dass die Möglichkeiten, die in Deutschland auf mich gewartet hatten, mich nicht weiterbringen würden, damit hatte ich nicht gerechnet. Ich war zu wenig vorausschauend gewesen, zu naiv und nicht bereit, mich mit dem zufriedenzugeben, was ich hatte.

Hastig wischte ich mir die Tränen von den Wangen und widmete mich wieder Christas Sachen. Es fiel mir schwer, die Bücher aus den Regalen zu nehmen, die, seit ich denken konnte, ihren festen Platz im Wohnzimmer hatten. Doch hierlassen wollte ich sie nicht. Ich war wie blockiert. Es war, als würde mich jemand davon abhalten wollen, alles auszuräumen. Doch in Wirklichkeit war ich dieser Jemand.

Erneut musste ich an die Briefe denken. Sie gingen mir einfach nicht aus dem Kopf. Ich beschloss Prioritäten zu setzen, ließ mich auf die Couch fallen, die Sean, ordentlich wie er war, eingeklappt hatte. Auch Decke und Kissen waren sorgfältig verstaut, als wäre er nie hier gewesen, als hätten wir die vergangene Nacht nicht gemeinsam im Haus verbracht. Ich wollte nicht mehr an Sean denken, brauchte Ablenkung, bis hier alles geklärt war und ich nach Frankfurt zurückkehren konnte. Mich der Suche nach M zu widmen, schien mir da gerade recht zu kommen. Aber wo sollte ich anfangen zu suchen? Und bei wem?

Kurzerhand rief ich die einzige Person an, die mir einfiel: meine Mutter.

„Ellie ...", meldete sie sich verschlafen. Ich hatte nicht an die Zeitverschiebung gedacht.

„Hi. Sorry, dass ich dich wecke."

„Macht doch nichts." Sie klang wacher. „Ist was passiert?"

„Nein. Äh, ja. Vielleicht."

„Was meinst du damit? Wann kommst du wieder?" Ich hörte förmlich ihre Angst davor heraus, ich würde nur anrufen, um ihr zu sagen, dass ich in Kanada bleiben würde.

„Bald, Mama. Ich muss dich etwas Wichtiges fragen."

„Ah, okay. Raus damit."

„Ich weiß, es ist eine komische Frage und vermutlich kannst du mir da auch gar nicht weiterhelfen, aber ... vielleicht ja doch."

„Frag doch einfach, Kind."

Ich zögerte, bevor ich ihr die Frage stellte, die sich schon in meinen Gedanken merkwürdig anhörte.

„Weißt du zufälligerweise, ob Christa einen Freund hatte?“

„Christa?“ Ich hörte sie verächtlich schnaufen. „Soviel ich weiß, hatte meine Schwester eine Menge Freunde.“

„Das meine ich nicht. Ich meine … so richtig. Einen Mann, der ihr wichtig war. Hat sie jemals mit dir darüber gesprochen?“

Ich bekam keine Antwort.

„Bist du noch da?“

„Oh … ja … bin ich.“

„Und?“

„Ich denke nicht.“

„Du denkst nicht?“

„Ich meine, ich weiß es nicht. Deine Tante und ich, na ja, es war ja kein Geheimnis, dass wir nicht so gut miteinander ausgekommen sind.“

Ich atmete enttäuscht in den Hörer.

„Ellie, ich weiß nicht, was du von mir wissen möchtest. Deine Tante hat sich mit gerade mal neunzehn Jahren entschieden, dass sie nicht mehr Teil unserer Familie sein will.“

Ich verdrehte genervt die Augen. Wie oft hatte ich diese Story schon gehört?

„Unsere Eltern hat das damals schwer getroffen“, fuhr meine Mutter ungehalten fort. „Mir ging es nicht viel anders. Danach habe ich kaum noch etwas mit ihr zu tun gehabt. Keiner von uns hatte eine Ahnung, was sie machte oder mit wem sie sich traf. Sie hatte uns aus ihrem Leben ausgesperrt. Unsere Mutter, deine liebe Großmama, ist daran zerbrochen.“

Mir wurde klar, dass ich so nicht weiterkam. Den Anruf hätte ich mir sparen können. Ich versuchte möglichst schnell zum Punkt zu kommen. „Also hat sie sich dir nie anvertraut?"

„Warum hätte sie das tun sollen?", fauchte meine Mutter. An ihrem Ton merkte ich, wie gereizt sie war.

„Ich dachte ja nur. Ihr wart schließlich Schwestern."

„Ellie, in einigen Fällen mag Blut dicker sein als Wasser. Bei mir und Christa war es aber eher so, dass wir uns Fremden oft näher gefühlt haben als einander. Wir waren einfach zu verschieden, und sie hat nie versucht, daran etwas zu ändern."

Damit sagte sie mir nichts, das ich nicht schon gewusst hätte. Trotzdem machte es mich traurig. Ich konnte nicht beurteilen, wie es war, eine Schwester zu haben, war aber der Meinung, dass sich unter Geschwistern alles irgendwie klären ließ – vorausgesetzt man wollte es.

„Warum interessiert dich auf einmal, ob Christa einen Mann hatte?", erkundigte sich meine Mutter nach einer Weile.

„Einfach so."

„Einfach so?" Sie schnalzte mit der Zunge. „Ellie, wenn du mir irgendetwas sagen willst, dann ..."

„Nein. Ich habe mir nur Gedanken gemacht, sonst nichts. Es ist doch ziemlich ruhig hier, da kommt man ins Grübeln."

„Es ist doch was passiert!"

„Nein. Es ist ..." Ich wägte ab, doch mir fiel kein Grund ein, warum ich die Wahrheit vor ihr verheimlichen sollte. „Ich habe in Christas Haus Liebesbriefe gefunden."

Meine Mutter gab ein Kichern von sich.

„Findest du das so abwegig?“

Sie verstummte.

„Christa hat sie wie einen Schatz gehütet.“

„Schwer zu glauben“, erwiderte sie nüchtern. „Meine Schwester war nicht romantisch veranlagt.“

Ich fragte mich, woher sie das so genau zu wissen glaubte. Eine Weile schwieg ich nachdenklich. „Aber sie sind echt, Mum. Und sie sind besonders. Ich glaube, Christa hat diesen Mann wirklich geliebt.“

Es herrschte Totenstille.

„Ich will herausfinden, wer er ist.“

„Natürlich willst du das“, grummelte sie und räusperte sich. „Aber sei nicht zu enttäuscht, wenn sich die ganze Sache als heiße Luft entpuppt.“

„Ja“, raunte ich resigniert.

„Christa hatte einen Hang zum Melodramatischen.“

„Wenn du meinst ...“

„Geht es dir sonst gut, Ellie?“ Es klang wie eine Phrase.

Seufzend fuhr ich mir mit den Fingern durchs Haar. „Ja. Ich bin nur froh, wenn alles hier geregelt ist.“

„Das glaube ich dir. Und ich bin froh, wenn du wieder zurück bist, damit wir endlich alle mit dieser traurigen Sache abschließen können.“

„Hm.“ Ich konnte nicht verstehen, dass sie die Briefe einfach so abtat, ging aber nicht weiter darauf ein.

„Ach, es ist furchtbar, dass du das allein durchstehen musst. So weit weg von zu Hause. Ich sag ja immer, Kanada hat noch nie etwas Gutes gebracht. Immer nur Schwierigkeiten.“

„Ich muss jetzt Schluss machen. Ich ruf dich wieder an. Schlaf weiter.“

„Ist gut. Und wenn was ist, rufst du wieder an, ja?"

„Mache ich."

„Bis dann, Ellie."

Ich legte auf und ging, wie einem Ruf folgend, zurück ins Schlafzimmer. Ich wurde das Gefühl nicht los, dass ich die Antwort auf M in dessen Zeilen finden würde, wenn ich sie nur aufmerksam genug las. Die Kiste mit den Briefen stand auf meinem Bett. Ich warf mich bäuchlings daneben, griff mit geschlossenen Augen hinein, zog einen Brief heraus und entfaltete ihn.

*Liebste Chris,*

*ich kann verstehen, wenn du nicht mehr mit mir reden willst. Aber glaub mir, wenn ich dir sage, dass mir eine Entscheidung noch nie so schwergefallen ist. Wahrscheinlich kennt mich niemand so gut wie du. Deshalb weißt du auch, dass ich immer zu meinen Versprechen stehe. Ich kann mich meiner Verantwortung nicht entziehen. Ich kann sie nicht verlassen, nicht jetzt. Sie braucht mich. Das Schicksal geht oft sonderbare Wege. Wer weiß, warum es uns zusammengeführt hat, und uns ausgerechnet jetzt voneinander trennt. Mir zerreißt es das Herz, dich nicht mehr in den Arm nehmen zu können. Dich anzusehen, aber nicht halten zu dürfen. Ich weiß nicht, wieso ich geglaubt habe, ich könnte glücklich sein. Die Zeit mit dir war die schönste in meinem Leben. Du hast das Beste in mir geweckt, und dafür werde ich dir immer dankbar sein. Das, was wir hatten, war besonders, auch wenn es nicht von Dauer war. Ich weiß, du liebst dieses Land. Mehr noch als mich. Und ich hoffe, du überlegst es dir noch einmal. Bleib!*

*Ich verspreche dir, ich werde dir aus dem Weg gehen. Du sollst nicht ständig daran erinnert werden, was für ein Idiot ich gewesen bin. Ich weiß, es ist eine unverschämte Bitte, aber ich glaube, dass mir sonst die Luft zum Atmen fehlt. Lass mich dich aus der Ferne bewundern, damit ich in den wunderbaren Momenten mit dir schwelgen kann.*

*Dein M.*

„Oh mein Gott", entfuhr es mir. Vor Überraschung saß ich kerzengerade im Bett. Dieser Brief änderte einiges, denn er gab die Gewissheit darüber, dass M tatsächlich vergeben gewesen war. Er war an jemanden gebunden gewesen, den er nicht verlassen konnte. Oder nicht verlassen wollte? Dass Christa einen Hang zu schwierigen Beziehungen hatte, hatte ich gewusst. Meine Mutter hatte ihr das immer wieder vorgehalten und es aufs Schärfste verurteilt. Bisher hatte ich jedoch immer geglaubt, dass meine Tante nie ernsthaft in jemanden verliebt gewesen war. Dass sie stets gewusst hatte, wann es an der Zeit gewesen war, etwas zu beenden. Der rätselhafte Mr M rückte alles in ein anderes Licht. Seine Worte klangen aufrichtig und tief bekümmert. Offensichtlich hatten sie einander sehr nahe gestanden. Ich empfand Mitleid mit diesem Mann, den ich gar nicht kannte, und mit Christa. Hatte sie sich Hoffnungen gemacht? Hatte sie vielleicht vorgehabt, sich mit ihm eine Zukunft aufzubauen? Wenn ja, dann tat sie mir unendlich leid. Auch ich hatte bisher mit Männern Pech gehabt. Keiner von ihnen war die große Liebe gewesen. Keiner. Bis auf Sean. Christa jedoch hatte offenbar einen verheirateten Mann geliebt. Er hatte sich auf sie eingelassen, obwohl er gebunden gewesen war. Warum hatte er es sich plötzlich anders überlegt? Hatte er sie nur benutzt? Das wollte ich nicht glauben.

Ich las auch die anderen Briefe. Diese zeigten mir, dass M nach dem vermeintlichen Abschiedsbrief nicht aufgehört hatte, Christa zu schreiben. Die Briefe, die darauf folgten, waren jedoch anders. Von einer tiefen Sehnsucht geprägt, waren sie ausgefüllt mit Liebesbekundungen, Hoffnungen und Wünschen. Warum hatte M nach dem Brief vom März 86 weiterhin an Christa festgehalten? Warum war er bei dieser Frau geblieben, die kaum Erwähnung in seinen Briefen fand? Was für eine Verpflichtung war es, von der er schrieb?

Was auch immer der Grund war, er hatte es offensichtlich nicht über sich gebracht, Christa loszulassen. Über Jahre hinweg hatte M seine Liebe zu ihr beteuert. Ich wurde daraus nicht schlau. Was konnte zwei Menschen daran hindern, zusammen zu sein, wenn sie einander liebten?

Diese Frage beschäftigte mich noch den restlichen Vormittag. Alles im Haus ließ mich an Christa und M denken. Mir schwirrte der Kopf. Ich nahm mir vor, vor die Tür zu gehen. Ich hatte Bewegung nötig. Meine Vorräte waren so gut wie aufgebraucht. Einem weiteren Schneeeinbruch wollte ich zuvorkommen, also radelte ich in die Stadt.

Die Straßen waren größtenteils freigeräumt. Die Luft auf meiner Haut fühlte sich eiskalt an. Während ich einer Reifenspur folgte, ließ ich die Landschaft auf mich wirken. Aber auch die schneebedeckten Weinhänge entlang des Okanagan konnten mich nicht von Christas tragischer Liebesgeschichte ablenken. Für mich stand fest: Ich musste M finden!

# Kapitel 7

Als ich mit dem Fahrrad den Ortskern erreichte, kam die Sonne heraus. Sie warf ihr Licht auf den kleinen Gemischtwarenladen, den ich ansteuerte. Ich war froh, dass es das Geschäft in der Querstraße zum alten Marktplatz noch gab. Es weckte Erinnerungen, an die ich gern zurückdachte und schaffte zwischen all den Modernisierungen im Ort ein wenig Vertrautheit. Auf dem Weg zur Ranch war ich an einem Einkaufszentrum vorbeigekommen, das auf einer früheren Schafweide stand. Überall im Valley wurde gebaut. Die Gebäude wurden immer größer, höher und eindrucksvoller. Der Lauf der Zeit hatte seine Spuren hinterlassen. Umso schöner war es für mich festzustellen, dass es noch das ein oder andere gab, das sich nicht verändert hatte. Viel Trubel und Menschenmengen wollte ich mir heute nicht antun. Im Grunde mochte ich große Geschäfte auch in Deutschland nicht. Das Gedränge löste bei mir Herzrasen aus, und von der schlechten Luft bekam ich Kopfschmerzen.

In Harrys Laden hingegen herrschte weit weniger Betrieb. Das Sortiment war überschaubar. Es gab das Nötigste, hier und da mal eine regionale Spezialität. Eine Auswahl von zwanzig Sorten Oreos suchte man hier vergeblich. Aber darum ging es den Menschen nicht, die herkamen. Das Geschäft war seit jeher ein Treffpunkt für jene, die das Persönliche schätzten und sich gern unterhielten. Das machte den Laden zu einem außergewöhnlichen Einkaufserlebnis.

„Ist Harry auch da?", fragte ich einen Jungen, der gerade dabei war, Konserven ins unterste Regal einzuräumen. Er war ungefähr sechzehn, sein strähniges braunes Haar lugte unter seiner Schirmmütze hervor. Die weiße Schürze reichte ihm bis zu den Knien. Unsicher schaute er zu mir auf.

„Meinen Sie Harry Miller?" Er kratzte sich am Hinterkopf, dabei rutschte ihm die Mütze in die Stirn.

Ich nickte.

„Oh, der hat den Laden schon vor Jahren abgegeben."

„Schade", sagte ich. „Wohnt er denn noch hier? Ich würde gern mal Hallo sagen."

Harry hatte meine Tante und mich früher manchmal in seiner Wohnung über dem Laden zum Tee eingeladen. Sein Urahne war einer der Gründerväter Kelownas gewesen. Ich hatte seine Erzählungen darüber geliebt.

„Das is so ..." Der Junge sah mich verdutzt an. „Harry is nich mehr. Er is gestorben, gleich nachdem er in Ruhestand gegangen is."

Damit hatte ich nicht gerechnet. Ich spürte einen tiefsitzenden Kloß im Hals, nickte und ließ den Jungen seine Arbeit machen.

Allmählich wurde mir bewusst, wie lange ich tatsächlich fort gewesen war. Die Stadt hatte sich gewandelt. Vieles war nicht mehr wiederzuerkennen – auch wenn ich es zuerst nicht wahrhaben wollte. Betrübt lud ich Toast und eine Milchtüte in meinen Einkaufskorb.

„Ist sie das?", hörte ich nun schon zum dritten Mal eine ältere Dame die Kassiererin fragen. Vorsichtig spähte ich durch die Regalreihen, um nachzusehen, wem ihre Aufmerksamkeit galt. Nachdem ich mich im Laden umgesehen hatte, war die Sache einfach. Abgesehen von ihr war ich augenblicklich die einzige Kundin im Laden. Ich tat, als hätte ich nichts bemerkt.

„Ich bin nicht sicher, ob sie es ist." Die Kassiererin bemühte sich um einen leisen Tonfall, was nicht viel nützte. Ich konnte trotzdem jedes Wort ihrer Tuschelei verstehen. Unbehelligt suchte ich weiter nach den Essiggurken, was mich zufällig direkt in die Nähe der Kasse führte. Ich stand mit dem Rücken zu den beiden, spürte aber die bohrenden Blicke auf mir.

„Und die alte Miss Pollard hat ihr wirklich alles hinterlassen?", fragte die Kassiererin, laut Kaugummi schmatzend.

„Oh ja."

„So ein Glück möcht ich auch mal haben. Wird sie denn jetzt hierbleiben?"

„Na, das weiß ich doch nicht."

Ich hatte die Gurken gefunden und damit meine Einkaufsliste abgearbeitet. Dennoch zögerte ich damit, mich umzudrehen. Ich hoffte, sie würden ihr Getratsche endlich einstellen.

„Ob sie wohl verheiratet ist? Miss Pollard soll ja an Einsamkeit gestorben sein." Die alte Dame seufzte laut. „Die Ranch liegt aber auch ziemlich verlassen. Eigentlich mitten in der Wildnis. Da wimmelt es nur so von Grizzlybären und Wölfen. Also für mich wäre das sicher nichts. Das ist doch kein Ort für eine Frau!"

„Aber Miss Pollard hat sich doch auch nie gefürchtet. Es heißt, sie habe niemanden gebraucht, nie. Und Männer habe sie sowieso gehasst."

„Jeder braucht doch irgendjemand, wenn du verstehst, was ich meine. So allein zu sein ... das ist einfach nicht gut."

Ich hatte genug gehört. Hastig packte ich mir noch eine Packung Cheerios in den Korb und steuerte die Kasse an. Beide Frauen senkten die Blicke, als wäre ich nie Gesprächsthema gewesen.

„Guten Tag", grüßte ich sie demonstrativ und überfreundlich.

„Guten Tag", sagte die alte Dame und schaute abfällig an mir hinunter.

„Ähm, ich habe das gerade unfreiwillig mitangehört", begann ich. Die Alte riss empört die Augen auf.

„Vielleicht kann ich etwas Licht ins Dunkel bringen." Ungerührt stapelte ich die Lebensmittel vor der Kassiererin auf. „Ihr Gespräch vorhin war nicht zu überhören. Sie hatten recht. Ich bin Ellie Fischer, Christas Nichte. Ja, sie hat mir die Ranch vermacht und ...", ich stockte, „... wie war noch Ihre andere Frage? Es waren ja ganz schön viele. Ah ja, ich weiß ... nein, ich bin nicht verheiratet. Und, da muss ich Ihnen zustimmen, die Ranch ist abgelegen. Etwas. Allerdings bin ich sehr gut in der Lage, auf mich aufzupassen und bin zuversichtlich, dass ich die nächsten Tage weder von Bären noch von Wölfen gefressen werde."

Die alte Dame starrte mich schockiert an, packte ihren Einkaufskorb und verließ mit einem beleidigten „Pah" das Geschäft.

Die Kassiererin gluckste hinter vorgehaltener Hand. „Der größte Nachteil der Vorstadt besteht darin, dass in der Regel jeder jeden kennt. Ein neues Gesicht fällt da sofort auf oder, wie in deinem Fall, ein Gesicht, das einige Jahre woanders gewesen ist." Sie tippte die Preise in ihre altmodische Kasse, wobei ihr Bettelarmband gegen die Tasten klimperte.

„Ja, das ist wohl so." Schmunzelnd packte ich alles in den Stoffbeutel, den ich von zu Hause mitgebracht hatte.

„Man darf hier nicht alles so ernst nehmen. Die meisten Leute hier nehmen sich ja nicht einmal selber ernst."

Ich lächelte besänftigt. „Das hatte ich vergessen. Ich war wohl zu lange weg." Stirnrunzelnd kramte ich mein Portemonnaie aus der Tasche.

„Schon möglich", sagte sie und hielt mir ihre Hand hin. „Ich bin übrigens Stacey, Stacey Sanderson."

Ich legte meine Hand in ihre. „Sanderson", murmelte ich nachdenklich. „Ich kannte mal einen Albert Sanderson. Er hat meiner Tante einen Sommer lang mit den Pferden geholfen."

Sie nickte grinsend. „Das ist mein Dad."

Ich war überrascht. „Oh, das letzte Mal, als ich dich gesehen hab, warst du noch ziemlich klein."

Sie nickte schmatzend. „So um die fünf."

„Wahnsinn, wie schnell die Zeit vergeht. Wie geht's deinem Vater?"

„Sehr gut. Er ist jetzt in der Pharmaindustrie. Verkauft pflanzliche Arznei und so."

„Das hört sich interessant an."

Sie zuckte die Achseln. „Es war immer sein Wunsch, sich selbst etwas aufzubauen."

„Das freut mich sehr für ihn. Wirklich. Laufen die Geschäfte denn gut?"

„Noch nicht so richtig. Sowas braucht erst mal ein bisschen Zeit, bis es anläuft. Aber einmal, da hat er zehn Flaschen seines Wundertonikums verkauft.“

„An einem ... Tag?“

„Nee, in einem Jahr. Aber das wird noch. Die Leute müssen erst mal wissen, wie gut das Zeug ist.“

„Bestimmt.“ Ich nickte und zwang mich zu lächeln. Die Zahl sprach nicht unbedingt für Alberts Geschäftsidee. Er war mir auch nicht als jemand in Erinnerung geblieben, der eine Sache bis zum Schluss verfolgte. Ein Saisonarbeiter, der nichts so richtig auf die Reihe brachte. Christa hatte ihn einen Sommer lang beschäftigt, weil er dringend Geld gebraucht hatte. Als sie herausbekam, dass sein Verdienst nicht seiner Familie, sondern dem Pub zugutekam, hatte sie die Zusammenarbeit mit ihm beendet. Stacey tat mir leid. Sie hatte sicherlich keine einfache Kindheit gehabt.

„Wir verkaufen Dads Produkte auch hier im Laden. Willst du eine Flasche kaufen? Sind gerade im Sonderangebot.“ Stacey deutete auf eine Reihe kleiner grüner Flaschen, die hinter ihr im Regal standen. „Ein altes Wundermittel der Ureinwohner gegen Rückenschmerzen, Verstauchungen und all sowas.“

„Okay.“ Eine Flasche mitzunehmen, konnte nicht schaden. Vielleicht war das Wundermittel ja zu etwas nutze. Ich verstaute es in meinem Beutel.

„Du weißt ja, wo es noch mehr gibt, solltest du mehr brauchen.“ Sie zwinkerte.

„Vielen Dank.“ Ich wandte mich zum Gehen.

„Sag mal“, sagte Stacey und ich drehte mich nochmals zu ihr um.

„Hast du ihn eigentlich schon gefunden?“

„Wen denn?“

„Na“, sie schaute sich zu allen Seiten um, als fürchtete sie, uns könnte jemand belauschen. „Den Schatz natürlich“, flüsterte sie.

„Ach so.“ Jetzt wusste ich, warum sie so geheimnisvoll tat. „Nein.“ Ich musste grinsen, weil sich der Glaube, Christa hätte einen Schatz auf ihrer Ranch versteckt, noch immer sehr hartnäckig hielt.

„Aber es gibt ihn doch, oder nicht?“

Kurz dachte ich an die Kiste mit den Briefen. Für Christa waren sie zweifellos wertvoll gewesen.

„Keine Ahnung“, antwortete ich verzögert. „Bisher bin ich jedenfalls noch auf keine Goldbarren gestoßen.“ Ich beschloss das Spiel mitzuspielen.

Stacey sah enttäuscht aus. „Du solltest es im Keller versuchen. Da verstecken die meisten Leute ihre Schätze. Das, was nicht gefunden werden soll.“

„Der Keller …“ Ich nickte ernst. „Warum bin ich da nicht selbst drauf gekommen?“

„Na ja, ich guck ziemlich viele Abenteuerfilme.“ Sie lächelte stolz. „Daher weiß ich solche Dinge.“

Ich nickte mit aufgesetzter Anerkennung. „Das merkt man.“ Ich nahm meinen Beutel mit den Einkäufen. „Sollte ich im Keller irgendetwas finden, dann sag ich Bescheid.“

„Wie aufregend!“ Sie gluckste freudig.

Ich ging aus dem Laden. Vor der Tür holte ich das grüne Fläschchen mit Alberts Tonikum aus dem Beutel und begutachtete es. Skeptisch las ich mir die Ingredienzien durch. „Slippery Elm Bark?“, murmelte ich im Gehen. „Was soll das denn sein?“

„Die Rinde einer seltenen Ulmenart", antwortete jemand. Verdutzt blickte ich von der Flasche auf. Seans Vater Jo kam mir auf dem Bürgersteig entgegen. „Wie ich sehe, hast du Alberts selbstgebrautes Wundermittel entdeckt."

„Das hab ich wohl." Ich ging auf ihn zu. Lächelnd breitete er die Arme aus und drückte mich wie eine verlorene Tochter an sich. „Ellie", wisperte er. „Es ist so eine Freude, dich zu sehen."

„Das gebe ich gern zurück, Jo. Wie geht's dir?"

Er winkte ab. „Ach, gut. Wirklich gut."

„Und dir? Wie geht es dir, nachdem deine Tante ..."

„Oh", ich nickte hastig, „besser. Es wird allmählich leichter."

Auch ich war nicht ganz ehrlich, aber wer wollte schon noch hören, dass ich ihren Tod einfach nicht akzeptieren konnte? Manchmal war es besser, nicht zu jammern, um sich selbst nicht ständig runterzuziehen. Aber ich hatte vergessen, dass ich Jo nicht täuschen konnte. Das war mir noch nie gelungen.

„Hey." Er legte mir tröstend die Hand auf den Oberarm. „Du brauchst dich vor mir nicht zu verstellen. Ich kann gut verstehen, dass sie dir fehlt."

Ich nickte dankbar.

„Wenn wir irgendetwas tun können ... Sean und ich ... wir sind immer für dich da."

„Ich weiß das zu schätzen, danke Jo." Ich wollte mich bereits umwenden.

„Ich hoffe, du planst über Weihnachten hierzubleiben."

So weit hatte ich noch nicht gedacht. Wir hatten gerade einmal Anfang Dezember.

„Nicht länger als nötig. Bis Christas Nachlass aufgelöst ist. Keine Ahnung, wie lange das dauern wird."

Er nickte grimmig. „Und ich hatte gehofft, du würdest zu meiner Geburtstagsfeier kommen."

„Das würde ich wirklich liebend gern, aber das wird nicht gehen." Wenn Sean nicht verlobt gewesen wäre, hätte ich mir die Feier nicht entgehen lassen. Aber jetzt konnte ich mir Schöneres vorstellen, als ihn und Jessica turtelnd vor der Nase zu haben.

„Überleg es dir noch mal. Man kommt doch nicht nur für ein paar Tage nach Kanada."

Ich nickte zögernd. „Ich sehe zu, was ich tun kann."

Jo strahlte über das ganze Gesicht. „Das freut mich wirklich sehr." Er lehnte sich dichter zu mir und sprach mit gedämpfter Lautstärke. „Sean hat vor, die Feier groß aufzuziehen. Die halbe Stadt ist eingeladen. Kannst du dir das vorstellen?"

Ich zog einen Mundwinkel zur Wange.

„Und das, obwohl ich doch schon viel zu alt bin für solche Partys." Er holte tief Luft und geriet ins Wanken. Ich hielt ihn am Arm fest, damit er nicht umkippte.

„Geht es dir nicht gut?"

Jo blinzelte mehrmals, die Farbe war aus seinem Gesicht gewichen. „Es geht schon wieder. Mir war nur ein wenig schwindelig, das kommt schon mal vor."

„Ich wusste nicht, dass es dir gesundheitlich schlecht geht."

„Schlecht?", maulte er beleidigt. „Ach was, ich bin topfit. Wir haben alle unsere Jahre auf dem Buckel. Man sollte dankbar sein, dass man überhaupt noch da ist. Ist doch so. Für jeden einzelnen Tag."

„Genau aus dem Grund sollte man auch seinen Geburtstag immer feiern."

„Da geb ich dir recht, Ellie. Es ist ein Freudentag. Aber mir reicht es doch im kleinen Kreis. So wie wir es immer gemacht haben."

„Du wirst siebzig, Jo. Das ist so etwas wie eine magische Zahl. Etwas ganz Besonderes."

„Mag sein, mag sein." Er machte eine flotte Handbewegung. „Trotzdem hätte mir ein ruhiger Kaffee- und Kuchennachmittag auch gereicht. Erst recht nach dem üppigen Weihnachtsessen. Da ist doch jeder erst mal pappensatt. Und dann plant mein Sohn eine solche Fete. Er muss verrückt sein. Ich bin schließlich keine zwanzig mehr."

„Sieht man dir aber nicht an."

Er lachte. „Ach, Ellie, ich weiß, du bist nur höflich, aber es geht runter wie Öl. Und solltest du dich entscheiden, deinen Aufenthalt hier zu verlängern, musst du Weihnachten zu uns kommen. Ich bestehe darauf!"

„Danke, Jo. Ich weiß das zu schätzen."

„Ehrensache, Ellie. Wir sehen uns später, ja?"

„Auf jeden Fall."

Er stieg in einen am Straßenrand parkenden Wagen. Erst bei näherer Betrachtung sah ich, dass es Seans Auto war. Rasch drehte ich mich weg und ging zu meinem Rad, das an einen Laternenmast gelehnt war. Zu spät. Sean hatte mich längst gesehen.

„Ellie?"

Ich ging weiter, drehte mich nicht um, denn ich war noch immer gekränkt, weil er mir nicht früher von seiner Verlobten erzählt hatte.

„Warte!“ Er ließ nicht locker, holte mich ein und stellte sich mir in den Weg.

„Musst du nicht deine Hochzeit vorbereiten?“

„Sei bitte nicht kindisch.“

„Kindisch? Ich? Wie alt ist deine Braut eigentlich?“ Mir gelang es einfach nicht, mich zu bändigen.

Sean machte schmale Lippen. „Es tut mir leid, Ellie. Das mit Jessica ist ...“

„Du brauchst mir nichts zu erklären.“

Er tat es dennoch. „Sie kam zu einer Zeit in mein Leben, in der ich jemanden gebraucht habe. Jemanden, der für mich da war. In gewisser Weise hat sie mich vorm Untergang bewahrt.“

„Klingt nach einer echten Romanze.“

„Ich hätte es dir sofort sagen sollen.“

„Das hätte die Sache vereinfacht.“ Ich stopfte die Flasche mit dem sonderbaren Inhalt zurück in meinen Beutel. „Das hätte mir sehr viel erspart“, raunte ich ihm meine Kränkung entgegen und bereute sogleich, dass ich es nicht für mich hatte behalten können. Er sollte nicht wissen, dass ich mir Hoffnungen gemacht hatte.

„Was erspart?“, hakte er nach, als wäre das nicht offensichtlich.

Ich winkte ab und beschleunigte meinen Gang. Sean blieb hartnäckig. „Ellie! Meinst du ...?“

„Gar nichts!“, unterbrach ich ihn rüde, an meinem Fahrrad angekommen. Ich verstaute meinen Beutel mit den Lebensmitteln im Lenkradkorb. „Ist schon gut.“

Mit zittriger Hand öffnete ich die Fahrradkette. Konnte er nicht endlich verschwinden?

„Ich wollte es dir sagen, das musst du mir glauben.“

Ich schüttelte den Kopf.

„Aber ich …“

„Ja?“ Ich betrachtete ihn fordernd.

Er druckste herum. „Ich wusste einfach nicht wie.“

Eine Weile blieb es still zwischen uns. Wir sahen einander einfach nur an. Ich versuchte aus ihm schlau zu werden. Seit wir uns gestern wiedergesehen hatten, hatte ich in Bezug auf ihn so ziemlich alles gefühlt. Er hatte mich glauben lassen, dass da noch etwas zwischen uns war. Dass auch er noch etwas empfand. Oder täuschte ich mich da? War gestern eine einzige Lüge gewesen? Seine Blicke, unsere Berührungen? Anscheinend war es das – denn Sean liebte eine andere. Zumindest sagte das der Ring, den er an seinem Finger trug. Der Ring, der mir vorher nicht aufgefallen war. Wie hatte ich ihn nur übersehen können? Wahrscheinlich hatte ich ihn nicht sehen wollen. Es war meine Schuld. Wie immer. Ich stieg aufs Fahrrad.

Sean stellte sich vor mich und versperrte mir den Weg.

„Es ist in Ordnung“, versicherte ich ihm, auch wenn es das nicht war. „Wahrscheinlich bin ich gerade einfach zu leichtgläubig. Es ist nur … für einen Moment dachte ich allen Ernstes, dass …“

„Was?“

„Egal.“

Er schlug die Augen nieder, als wüsste er, was ich meinte. „Ich werde deiner Verlobten sagen, sie soll die Ranch ohne mich verkaufen. Sie schafft das bestimmt. Ich muss wieder zurück nach Frankfurt.“

Sean nickte betreten. Ich wollte nur noch weg. Weg aus dieser Situation, in der ich mich wie das fünfte Rad am Wagen fühlte. Ich trat in die Pedale, aber Sean hielt das Lenkrad fest und suchte energisch meinen Blick. „Was ist mit Christa, was ist mit den Briefen?“

Verwundert hob ich die Brauen. Warum fragte er danach?

„Wolltest du nicht herausfinden, wer der Mann ist?“

Ich presste die Lippen aufeinander. „Ja. Wollte ich. Aber ich wüsste nicht mal, wo ich da anfangen sollte. Jeder hier hielt meine Tante für eine Einsiedlerin. Eine arme, einsame Verrückte, die allein auf ihrer riesigen Ranch am Waldrand gelebt hat und niemanden hatte. Das mit den Briefen kann ich mir ja selbst kaum vorstellen. Vielleicht sind sie auch gar nicht echt.“

„Nicht echt? Soll das heißen, Christa hat sie sich doch selbst geschrieben und sie unter den Dielen versteckt? Das ergibt keinen Sinn, Ellie.“

Er hatte recht.

„Hör zu“, er legte seine Hand über meine, die den Fahrradgriff umklammerte. Unmerklich zuckte ich unter seiner Berührung zusammen. „Ich verstehe, dass du wegwillst, weil du denkst, dass es für dich hier nichts mehr gibt, aber das stimmt nicht.“

„Ach nein?“

Er kam näher und schüttelte lächelnd den Kopf.

„Was, wenn Christa wirklich jemanden geliebt hat? Ihr Brief liest sich so, als wäre vieles zwischen ihnen unausgesprochen geblieben. Und es würde unausgesprochen bleiben, wenn du abreist, ohne M Christas Botschaft überbracht zu haben.“

„Du meinst, ich soll ihn für Christa finden und ihm ihren unfertigen Brief geben?“

Er nickte. „Das ist doch das Mindeste, was du tun kannst. Stell dir mal vor, er wartet oder er weiß, dass sie gestorben ist und fühlt sich furchtbar, weil er nicht bei ihr sein konnte. Ich würde mir so etwas nie verzeihen." Er blickte mich bedeutungsvoll an.

„Aber ich habe keine Ahnung, wo ich diesen Mann suchen soll. Niemand scheint auch nur das Geringste über ihn zu wissen. Es ist, als hätte er nie existiert."

„Er existiert! Das weiß ich. Ich werde dir helfen, ihn zu finden. Bleib noch. Das Jahr ist fast vorbei. Was hast du schon zu verlieren?"

„Es sind noch drei Wochen."

Er zuckte die Achseln. „Umso mehr Zeit haben wir, um den mysteriösen Briefeschreiber zu finden."

„Ich würde nicht rechtzeitig zurück im Büro sein."

„Und?"

„Ich weiß nicht, wie ich das meinem Chef beibringen soll."

„Du hast gerade jemanden verloren. Dafür wird er doch Verständnis haben."

Ich überlegte.

„Du findest schon eine Lösung." Sean betrachtete mich mit einem hinreißenden Lächeln. „Weißt du nicht mehr, wie schön es Weihnachten hier war? Wir könnten zusammen feiern. Wie früher."

Mir wurde warm ums Herz. „Hast du dich mit deinem Dad abgesprochen?"

Er grinste. „Ich wusste, er würde dich fragen, ob du mit uns Weihnachten feierst. Hat er dir etwa aufgelauert?"

Ich lachte. „So ungefähr."

„Dann bleibst du? Für Christa?"

Ich atmete tief durch.

„Für Christa", sagte ich schließlich, auch wenn ich nicht wusste, ob es eine gute Idee war. Doch die Sorge, ich könnte mit unerledigten Dingen im Gepäck nach Deutschland zurückkehren, überwog. Da Christa keine Chance mehr hatte, ihre Nachricht an M fertig zu schreiben, sie ihm zu übergeben, sah ich mich verpflichtet, den Brief an ihrer Stelle zu überbringen. Selbst wenn es zu spät für beide war.

„Und Jessica hat sicher nichts dagegen?"

„Aber nein." Sean lächelte leicht. „Sie ist beruflich viel unterwegs."

„Okay. Wo fangen wir an?"

„Um halb sechs an der Kirche. Ich hab da so eine Idee." Er sah an mir und dem alten Fahrrad herunter, an das ich mich immer noch klammerte. „Da ist es schon dunkel", murmelte er. „Ich hol dich gegen fünf ab, wäre das in Ordnung?"

„Ja." Ich nickte. „Fünf Uhr."

„Gut. Dann sehen wir uns dann." Er bedachte mich noch einmal mit einem Lächeln und ging.

Verwundert schaute ich ihm nach. Warum war er so erpicht darauf, mir zu helfen? Plagte ihn sein schlechtes Gewissen? Was er auch immer für einen Grund hatte, ich war ihm dankbar für seine Unterstützung. Allein hatte ich keine Chance, M ausfindig zu machen. Meine Gefühle würde ich schon im Zaum halten können. Irgendwie.

# Kapitel 8

Nur wenige Stunden später bei Sean im Auto zu sitzen, fühlte sich merkwürdig an. So merkwürdig, dass ich kaum ein Wort herausbrachte. Auch er gab sich schweigsam. Bis auf ein freundliches Hallo hatte er nichts zu mir gesagt. Hin und wieder ertappte ich ihn dabei, wie er mich von der Seite her ansah, als hätte er Angst, ich könnte mich jeden Moment in Luft auflösen. Obwohl eine Stille zwischen uns stand, die zuvor nicht dagewesen war, fühlte es sich gut an, in seiner Nähe zu sein. Ein wenig kam es mir sogar vor wie bei einem unserer Ausflüge, den wir unternommen hatten, als wir noch jung waren. Es war, als hätte die Zeit nichts verändert. Als wären wir immer noch das unbescholtene Paar, das wir einst gewesen waren. Ich musste mich immer wieder selbst daran erinnern, dass es nun anders zwischen uns war. Dass es nie wieder so sein würde wie vorher.

„Und?" Ich wollte unbedingt die Stille durchbrechen, egal mit welchem Thema. „Wann ist es denn so weit?"

Er runzelte die Stirn, als wüsste er nicht, wonach ich ihn gefragt hatte, und für den Bruchteil einer Sekunde nahm ich ihm das sogar ab.

„Die Hochzeit", half ich ihm auf die Sprünge. „Habt ihr schon einen Termin?"

„Oh ja. Der Zwölfte. Der zwölfte Januar." Fast wirkte es, als wäre es ihm unangenehm, darüber zu sprechen.

Ich musste schlucken, denn Januar war schon bald.

„Eine Winterhochzeit! Wie … märchenhaft." Ich wollte mich für ihn freuen. Das wollte ich wirklich. Aber ich konnte es nicht, und mein Tonfall verriet meine Gaukelei.

„Ja", er druckste herum, „Jessica steht auf Weiß."

„Hab ich gemerkt."

„Sie hasst den Sommer."

Ich runzelte die Stirn. Wie konnte man denn bitte den Sommer hassen?

„Was ist mit dem Frühling? Oder dem Herbst? Ist ja nicht so, als gäbe es nur zwei Jahreszeiten." Mein scharfzüngiger Versuch, ihn davon zu überzeugen, die Hochzeit aufzuschieben, war mehr als kläglich und natürlich absolut vergeblich.

„Sie hat schon alles bis ins kleinste Detail geplant", verriet er und zog einen Mundwinkel zur Wange. „Die Brautjungfernkleider sind eisblau, mein Anzug ebenfalls."

Ich grunzte vor Lachen, gleich darauf wurde ich todernst. „Ich glaub das gerade nicht." Sie zwang ihn, sich anzuziehen wie ein Disney-Prinz. Warum in aller Welt ließ er das mit sich machen?

Sean nickte betreten. „Der Saal im Four Seasons ist angemietet. Dreihundertsechzig Gäste."

„Dreihundertsechzig?"

„Ihre Familie ist riesig."

„Wahrscheinlich steht nach der Trauung auch eine Kutsche bereit, die euch zum *Four Seasons* fährt." Ich machte einen Witz, merkte an Seans ernstem Gesichtsausdruck jedoch schnell, dass ich ins Schwarze getroffen hatte.

„Du verarschst mich!"

„Ich wünschte, es wäre so."

„Das passt nicht zu dir, Sean." Diese Worte hatten sich einfach so aus mir herausgelöst. Früher hatten wir uns gegenseitig immer die Wahrheit sagen können. Ganz egal, wie hart sie auch war. Aber das war früher. Sean starrte vor sich hin, die Hände fest am Steuer.

„Tut mir leid. Das war dumm von mir."

„Ja." Er parkte vor der Kirche, stellte den Motor ab und drehte sich im Sitz zu mir herum. „Du warst zwölf Jahre lang weg, Ellie."

„Ich weiß." Ich räusperte mich betreten. „Deshalb habe ich nicht das Recht, über dich zu urteilen."

„So ist es. Du weißt nicht, was zu mir passt. Oder wer." Er öffnete die Autotür. „Allerdings lagst du auch früher oft daneben." Er stieg aus. Ich tat es ihm nach, eilte ihm über den Bordstein hinterher und stellte mich vor ihn, die Hände in die Hüften gestützt. Die ganze Zeit schon stand etwas zwischen uns.

„Rede endlich Klartext, Sean! Was unterstellst du mir?"

Er drehte den Kopf weg. „Gar nichts."

„Das klingt für mich aber nicht so."

Sean seufzte kopfschüttelnd. „Entschuldige, Ellie. Ich wollte nicht wieder damit anfangen. Lassen wir's einfach gut sein."

„Du sprichst von damals. Als ich wegging ... Sean, ich war noch jung. Ein Kind. Eine völlig unreife Achtzehnjährige, die keine Ahnung vom Leben hatte."

„Ich wollte das nicht ansprechen", sagte er ruhig. „Du bist nur so kurz hier. Bald bist du wieder weg. Darüber zu sprechen, ändert nichts daran, was passiert ist."

Nach dieser verbalen Ohrfeige musste ich erst mal schlucken. „Aber … eins muss ich wissen." Er blickte mir direkt in die Augen. „Warum bist du damals so plötzlich abgehauen?"

Da war es also, das unvermeidliche Gespräch, das er selbst eben noch als sinnlos bezeichnet hatte.

Ich atmete tief durch, bevor ich antwortete. „Weil ich musste. Ich hatte Angst und befürchtete, irgendwas zu verpassen, wenn ich nicht gehen würde. Etwas Bedeutendes vielleicht."

„Und? Hast du es gefunden?", erkundigte er sich nachtragend.

Schuldbewusst senkte ich den Blick, um ihn wenig später wieder zu heben. Sean verdiente die Wahrheit – genau wie ich.

„Nein." Meine Antwort führte mir erneut meinen schlimmsten Fehler vor Augen.

Sean nickte langsam. „Warum bist du dann nicht einfach zurückgekommen?"

„Ich hatte Angst", betonte ich nochmals.

„Wovor denn?"

„Davor, dass ich hier nicht mehr willkommen sein würde. Ich befürchtete, Christa nur noch zur Last zu fallen, und du würdest mich nicht mehr wollen."

Ruckartig schaute er zu mir auf. „Wie kamst du nur auf die Idee, ich könnte dich nicht mehr wollen?"

Auf einmal verstand ich gar nichts mehr. Sean wirkte vollkommen aufgelöst.

„Du hast auf keinen meiner Briefe geantwortet, die ich dir von Frankfurt aus geschrieben habe. Ich dachte, du würdest mich hassen."

„Dich ... hassen?" Er machte ein zerknittertes Gesicht. „Moment mal ... du sagst, du hast mir geschrieben?"

„Jeden Tag", beteuerte ich.

Wieder schüttelte er den Kopf. „Ich habe nie einen Brief erhalten."

„Was?" Schockiert lehnte ich mich vor.

„Wenn ich es dir doch sage! Bei mir kam nichts an."

„Unmöglich. Wie kann das sein?"

„Ich weiß es nicht. Aber wenn du mich fragst, ist die Wahrscheinlichkeit, dass so viele Briefe auf dem Postweg verloren gehen, ziemlich gering." Seine Züge hatten sich entspannt. Ein zufriedenes Lächeln huschte über sein Gesicht. „Du hast mir geschrieben?", hakte er nochmals nach. „Ich will es nur noch einmal hören."

„Ja. Das hab ich."

Sein Lächeln wurde breiter. „Und? Was stand denn drin in den Briefen?"

„Willst du das wirklich wissen?"

„Na klar!" Er machte einen Schritt auf mich zu und lauschte gespannt.

„Na ja." Ich prustete grübelnd. „Dass meine Mutter mich wahnsinnig machte mit ihrem Kontrollzwang. Dass es grau und stickig in Frankfurt war. Dass ich mich jeden Tag aufs Neue zwingen musste aufzustehen."

Unsere Blicke verschmolzen miteinander. Aber jetzt war es zu spät um aufzuhören. Ich wollte es ihm sagen. Alles. Auch wenn dies zur Folge haben würde, dass wir nicht weitermachen konnten wie bisher. Mit brechender Stimme fuhr ich fort: „Ich habe dir geschrieben, dass ich dich vermisse. Dass du mir sehr fehlst. Und dass ich es bereue, weggegangen zu sein."

Sean hing gebannt an meinen Lippen. Ich brachte es zu Ende.

„Und ich habe dir geschrieben, dass ich zurückkommen und dich auf der Stelle heiraten will“, hauchte ich. „Ich habe *Ja* gesagt – mit achtzehn. Verrückt, oder nicht?“

Sean stand einfach nur da und betrachtete mich. Ihm war anzusehen, wie nahe ihm das, was ich ihm erzählt hatte, ging.

„Ich dachte, du hättest es die ganze Zeit gewusst“, wimmerte ich.

„Ich wünschte wirklich, das hätte ich.“ Er schaute in die Ferne, ohne etwas zu fixieren. „Du hast also *Ja* gesagt“, fasste er das Wichtigste für sich zusammen.

„Es war natürlich ein kindisches Vorhaben“, schmälerte ich die Tragweite seines Antrags und meiner Zustimmung dazu. „Wir waren noch so jung. Heute weiß ich, dass du es damals wahrscheinlich gar nicht ernst gemeint hast. Du hast einfach nur unbedingt verhindern wollen, dass ich Kanada verlasse.“

Er blickte mich beleidigt an.

„Oh nein. Da liegst du falsch, Ellie Fischer. Es war mein voller Ernst. Und du kannst mir glauben, wenn ich dir sage, dass ich damals völlig zerstört war. Nichts von dir zu hören, nicht zu wissen, was du machst oder ob es dir gut geht. Das hat mich verändert.“

„Ich habe versucht dich anzurufen“, erklärte ich ihm. „Als du dich auf meine Briefe hin nicht gemeldet hast, habe ich angerufen. Deine Mutter sagte mir, du wolltest nichts mehr von mir wissen.“

„Meine Mutter ...“ Er knirschte mit den Zähnen. „Wer sonst?“, raunte er enttäuscht.

„Sie sagte, du wärst jetzt glücklich mit deiner neuen Freundin. Und ich sollte dich ein für alle Mal in Ruhe lassen.“

„Es gab nur dich, Ellie“, schwor er. „Jahrelang gab es nur dich.“

Seine Worte trieben mir die Tränen in die Augen, weil ich mich so danach gesehnt hatte, sie zu hören. Die Tatsache, dass wir beide uns verloren hatten, weil unsere Liebe von einem Menschen nicht geduldet worden war, war wie ein Stich ins Herz. Denn jetzt, da wir endlich die Wahrheit voneinander kannten, war es zu spät, um dort anzuknüpfen, wo wir einst aufgehört hatten.

Nachdem wir uns gegenseitig unser Herz ausgeschüttet hatten, war es schwer, wieder einen klaren Kopf zu bekommen.

Aus der Kirche drang Orgelspiel. Die Messe war fast vorbei. Es war Zeit, sich darauf zu besinnen, weshalb wir hergekommen waren.

„Guten Abend“, sagte ein älterer Herr, der an uns vorbei in die Kirche ging.

„Guten Abend“, erwiderten Sean und ich wie aus einem Mund.

„Was machen wir eigentlich hier?“, fragte ich Sean leise.

„Na was schon? Wir gehen da jetzt rein.“

„Seit wann besuchst du denn den Gottesdienst?“, brach es aus mir heraus. Ich konnte mich nicht daran erinnern, dass er früher besonders gläubig gewesen wäre. Ganz im Gegensatz zu seiner Mutter, die uns immer wieder daran erinnert hatte, was Gott von vorehelichem Geschlechtsverkehr hielt.

„Überleg doch mal, Ellie." Sean deutete auf den alten Mann, der respektvoll seinen Hut abnahm, bevor er die Kirche betrat.

„Was meinst du", fragte er im Flüsterton, „könnte er unser Mr M sein?"

Ich schaute zu dem Mann, der gerade in der Kirche verschwand. „Woher soll ich das wissen?"

Sean zog mich hinein. Drinnen drang festlicher Chorgesang in unsere Ohren. Wir nahmen in einer der hinteren Reihen Platz. Die Kirche war gut besucht. Ich fühlte mich beobachtet, unwohl.

„Ich war seit Jahren nicht mehr in einem Gottesdienst."

„Die werden dich schon nicht rausschmeißen", antwortete er schelmisch grinsend.

„Warum denkst du, dass M hier sein könnte?" Ich lehnte mich zu ihm herüber und senkte nochmals meine Stimme. „Ich kann mich nicht erinnern, Christa auch nur ein einziges Mal in der Nähe dieser Kirche gesehen zu haben. Sie hatte ihren eigenen Glauben, und der hatte nichts mit Priestern zu tun."

„Mag ja sein, aber vielleicht hat ihr Mr M anders darüber gedacht."

„Selbst wenn, es wäre noch lange nicht gesagt, dass sich unser Briefeschreiber unter den Besuchern befindet. Ich meine, schau dich doch nur mal um. Alle hier sind ..."

„Genau in Christas Alter."

„Was, wenn M jünger war als sie?"

„Das wäre ...", er verzog das Gesicht, „... echt merkwürdig."

„Aha, aber wenn Männer sich eine junge Frau nehmen, ist das ganz normal, nehme ich an.“

Er schnalzte mit der Zunge. „Sagt ja keiner.“

Am Altar hatte der Priester mit seiner Predigt begonnen. Einen Moment lang verfolgten wir sie aufmerksam.

„Ich weiß nicht so recht, was wir hier machen“, murmelte ich.

„Hab Geduld.“

Ich lehnte mich zurück. Obwohl ich die harte Kirchenbank an meiner Wirbelsäule spürte, bemühte ich mich, konzentriert zuzuhören. Ob Zufall oder nicht, der Priester sprach genau die Dinge an, die mich schon seit Tagen beschäftigten.

„Macht den Menschen, die ihr liebt, das wertvollste Geschenk von allen. Schenkt ihnen eure Zeit. Denn nichts ist kostbarer ...“

Auch Sean schien diese Passage der Predigt zu gefallen. Er bedachte mich mit einem kurzen Blick, lächelte und wandte sich dann wieder nach vorne.

Nachdem die Messe vorbei war, wollte ich der herausströmenden Menge folgen, aber Sean hielt mich zurück.

„Worauf warten wir denn?“

Sein Blick war nach vorn gerichtet. Erst jetzt wusste ich, warum. Ein Mann hatte begonnen, in den vorderen Reihen die Gebetbücher einzusammeln. Sean stand auf, huschte aus der Bank und ging auf ihn zu. Ich folgte ihm.

Als der Mann uns bemerkte, hielt er inne.

„Sean, mein Junge“, er reichte ihm die Hand, „hast du endlich noch mal hergefunden. Wie geht's dir?“

„Gut, danke. Du kennst doch noch Ellie Fischer?" Er
deutete mit dem Kinn auf mich.

Der Mann machte große Augen. „Aber natürlich. Ellie, du hast dich kaum verändert."

Er kam mir bekannt vor. Ich runzelte die Stirn. Endlich wusste ich woher. „Bill?"

Er nickte lächelnd. „Ja, es ist eine Weile her."

Bill war Seans Pate und ein guter Freund meiner
Tante gewesen. Sein langes schwarzes Haar war weiß
geworden. Er trug es kürzer als früher, aber immer
noch zu einem Zopf gebunden.

„Das Alter geht an keinem spurlos vorbei", witzelte er.
„Außer vielleicht an dir, Ellie. Du bist immer noch so
hübsch wie eh und je."

„Und du weißt immer noch, wie man Frauen Kompli-
mente macht", entgegnete ich.

„Es ist nur die Wahrheit."

Ich lächelte verlegen.

„Mein Patensohn kann noch was von mir lernen.
Aber er sträubt sich immerzu." Bill klopfte Sean väter-
lich zwischen die Schulterblätter. „Auch wenn ich mich
echt darüber freuen würde, aber ... ihr seid doch nicht
nur hier, um Hallo zu sagen. Was kann ich für euch
tun?"

Mittlerweile waren die letzten Besucher gegangen.
Wir waren allein mit Bill. Ihn nach M zu fragen, war
keine schlechte Idee. Warum hatte ich nicht daran gedacht? Er und meine Tante hatten früher viel Zeit miteinander verbracht. So viel, dass ich eine Liebesbezie-
hung nicht ausschließen konnte – auch wenn Christa
stets beteuert hatte, dass Bill nur ein guter Freund war.

„Es geht um Christa." Sean kam direkt zur Sache.

Schlagartig setzte Bill eine ernste Miene auf. Er hob den Blick zur hohen Decke. Als er ihn wieder senkte, bemerkte ich seine tränengefüllten Augen, die im Schein der Kerzen am Altar glänzten. „Ich kann immer noch nicht fassen, dass sie nicht mehr da ist."

„Uns geht es genauso", gestand ich leise.

Er legte seine Hand tröstend über meine, die auf der Lehne einer der Bänke auflag und drückte sie kurz. „Wirst du nun in Kelowna bleiben?"

Ich schluckte schwer. „Ich denke nicht, dass ich das sollte", antwortete ich zögerlich. Meine Stimme war auf einmal ganz rau.

Bill sah mich trübsinnig an.

„Es gibt da etwas, das wir wissen müssen", brachte ihn Sean wieder auf das eigentliche Thema zurück. „Über Christa."

Bill nickte, setzte sich in die vorderste Bank und bedeutete uns, neben ihm Platz zu nehmen.

„Du warst ihr bester Freund", begann ich. „Deshalb glauben wir, dass du etwas darüber wissen könntest." Ich holte den letzten Brief von M aus meiner Tasche und zeigte ihn Bill. Seine Miene verkrampfte sich, als er ihn entgegennahm. Wusste er etwa, was ich ihm mitgebracht hatte?

Er kramte seine Lesebrille aus seiner Hemdtasche und schob sie sich auf die Nase.

„Wir dachten, du könntest uns vielleicht sagen, wer Christa diesen Brief geschrieben hat." Sean beugte sich etwas vor.

„Woher habt ihr den?" Bills Frage klang streng, fast vorwurfsvoll.

„Aus Christas Schlafzimmer“, erklärte ich ihm. „Er war zusammen mit einem ganzen Stapel Briefe in einer Kiste unter den Dielen versteckt. Alle vom selben Absender.“

Seufzend sah Bill vom Brief auf, nahm die Brille ab und schüttelte den Kopf.

„Die Briefe reichen vierzig Jahre zurück. Dieser hier ist gerade mal ein Jahr alt. Es ist der letzte, den er ihr geschrieben hat.“ Ich legte meine Hand auf Bills, die zitternd das Papier hielt. „Weißt du, wer Christa diese Briefe geschrieben hat?“

Er schwieg.

„Wir glauben, dass sie vorhatte, ihre Beziehung öffentlich zu machen“, sagte Sean. „Zu diesem Mann zu stehen, den sie offensichtlich ebenso geliebt hat wie er sie. Wenn wir recht haben, dann wartet er vielleicht noch immer auf Antwort.“

Bill schaute ihn an. „Was für eine Antwort sollte das sein? Christa ist tot. Sie ist nicht mehr da.“

„Es gibt noch einen anderen Brief“, mischte ich mich ein. „Ich habe ihn auf Christas Nachttisch gefunden. Er stammt von ihr.“

Bills starrer Blick ging zu mir. „Und?“

„Sie hat ihm geschrieben, dass er zu ihr kommen soll.“

Seine Augen weiteten sich. „Aber sie hat ihn nie übergeben.“

„Nun, ich glaube, sie war noch nicht fertig damit, ihn zu schreiben.“

„Was wollt ihr von mir?“ Bill faltete den Brief, drückte ihn mir in die Hand und stand abrupt auf. „Ich kann euch nicht helfen.“ Er machte sich daran, die restlichen

Kirchenbücher einzusammeln. Sean und ich wechselten ratlose Blicke, dann eilten wir Bill nach.

„Dieser Mann sollte doch wissen, dass Christa bereit war, bei ihm zu sein", sagte ich.

„Bill, was weißt du?", legte Sean nach.

Bill hielt inne. „Christa hatte sich da in etwas verrannt. Sie war wie besessen von diesem Mann, der ihr nur Kummer brachte."

„Dann hat sie's dir erzählt?"

„Sie hat sich bei mir ausgeweint. Jedes Mal, wenn er sie mal wieder versetzt hatte. Er hat ihr nicht gutgetan. War verheiratet. Seine Frau war krank. Er dachte, es wäre ihr Tod, wenn er sie verlassen würde. Wahrscheinlich hat sie irgendwas geahnt. Wenn ihr mich fragt, hat er Christa nach Strich und Faden belogen. Sie ausgenutzt." Halt suchend krallte er sich in die hölzerne Lehne einer der Bänke. „Und trotzdem hat sie an ihm festgehalten bis zuletzt."

„Wer ist er?", wollte ich endlich wissen.

Bill schaute sich unter uns um. „Für deine Tante war er der Mann. Die Liebe ihres Lebens. Ihr Geheimnis. Sie hat nichts über ihn preisgegeben. Sie wollte ihn nicht in Schwierigkeiten bringen."

„Dann weißt du nicht, wer er ist?", hakte ich verdrossen nach. Er schnaufte aus. „Ich habe nur so viel erfahren, wie nötig war."

„Aber du musst doch irgendeine Ahnung haben." Sean sprach meinen Gedanken aus.

„Ich weiß nur eins: Dieser Mann hat nur Leid über die Frauen gebracht, die er angeblich geliebt hat. Er hat Christas Leben gestohlen, indem er sie hinhielt. Sie hat sich nach ihm gerichtet, und er hat es ihr nie gedankt.

Seinetwegen hat sie nie einen anderen Mann an sich herangelassen. Wenn ihr mich fragt, hat er ihr damit sämtliche Chancen genommen, um glücklich zu werden. Sowas tut kein guter Mensch."

„Dann war es also tatsächlich ernst", raunte ich. Meine Befürchtung hatte sich bewahrheitet. Wir waren so nah dran.

„Für deine Tante war es das jedenfalls. So ernst, dass sie am Ende einsam gestorben ist." Bills Ton war scharf. Er ging an uns vorbei. „Wenn ihr mich jetzt entschuldigt. Ich muss die Kirche wieder auf Vordermann bringen. Morgen ist Taufe."

„Ja, natürlich." Ich ließ ihn ziehen, obwohl ich noch viele Fragen hatte. Aber ich hatte gemerkt, wie sehr Bill unser Anliegen aufwühlte. Christa hatte ihm viel bedeutet.

„Und danke für deine Zeit", rief ihm Sean hinterher.

Wortlos verschwand Bill in der Sakristei. Der Abschied war rasch und unterkühlt gewesen. Das passte gar nicht zu ihm.

„Wir hätten ihn nicht damit behelligen sollen", dachte ich laut, während Sean und ich die Kirche verließen.

„Wenigstens wissen wir jetzt eins."

„Und das wäre?"

„Dass der Mann, den Christa so geliebt hat, ein mieser Kerl ist."

Seans Worte waren hart, aber nach dem, was Bill uns erzählt hatte, schien er mit seinem Urteil nicht ganz falschzuliegen.

Wir hatten nicht viel von Bill erfahren, aber das, was er uns gesagt hatte, hatte mich tief getroffen. Und Sean war anzusehen, dass es ihm ähnlich ging.

Bevor wir ins Auto stiegen, machte ich auf dem Bürgersteig halt. „Glaubst du wirklich, dass M es nicht ehrlich mit Christa gemeint hat?"

Irgendwie konnte ich mir das nicht vorstellen. Nicht anhand seiner sehnsuchtsvoll geschriebenen Briefe, die er über so viele Jahre hinweg verfasst hatte.

„Hm." Er zuckte die Schultern.

„Vielleicht tun wir ihm Unrecht. Und ...", ich machte meinen Gedanken Luft, „... findest du nicht auch, dass Bill ungewöhnlich wütend auf die Briefe reagiert hat?"

„Schon möglich, dass Bill ein bisschen voreingenommen ist."

„Wieso?"

„Na ja, schließlich war er in deine Tante verliebt."
Ich sah ihn mit hochgezogenen Brauen an.

„Hast du das nicht gewusst?"

„Nein. Höchstens vermutet." Es ergab Sinn.
Gedankenverloren setzte ich mich ins Auto und seufzte mutlos. „Einen Augenblick lang hatte ich wirklich gedacht, Bill könnte uns sagen, wer M ist."

„Ja, ich auch. Dass er es nicht weiß, macht die Suche schwerer." Sean legte den Gurt an.

„Wenn sie es nicht einmal ihrem besten Freund gesagt hat, wem dann?"

„Bestimmt hat sie geahnt, dass Bill mehr für sie empfindet und hat sich deshalb bei ihm zurückgehalten. Womöglich hätte er M bloßgestellt oder sogar verprügelt."

„Ich weiß nicht. Irgendwas fand ich merkwürdig an Bill."

„Du denkst, er hat uns nicht alles gesagt, was er weiß?"

Ich nickte knapp. „Hat es sich für dich auch so angehört, als wäre M aus der Gegend?"

Sean machte schmale Augen, während er grübelnd sein Kinn umfasste. „Du hast recht. Irgendwie schon."

„Dann hält Bill etwas vor uns zurück."

„Gut möglich. Selbst wenn, er wirkte auf mich nicht so, als würde er irgendwann mit der Sprache rausrücken wollen."

„Nein, das Thema Christa scheint ihm sehr zuzusetzen. Er hat sie wirklich gerngehabt."

„Er hat sie geliebt", korrigierte mich Sean.

Einen Moment blieb es ruhig zwischen uns. Wir blickten beide vor uns, vertieft in unsere Gedanken. Das, was Bill über Christa gesagt hatte, wirkte in mir nach. Hatte sie wirklich ihr Herz an einen Mann verschenkt, der sie nur hinhielt? Hätte sie, wäre er nicht gewesen, vielleicht geheiratet? Kinder gehabt? Konnte es sein, dass ein Mensch sich derart auf einen anderen Menschen fixierte, sodass kein anderer im Leben Platz hatte? Diese Vorstellung, so romantisch sie auch war, bereitete mir eine Gänsehaut. Und ich fragte mich, ob das die wahre Liebe war oder vielmehr Wahnsinn.

Die Scheiben waren von unserem Atem bereits beschlagen. Mit der flachen Hand wischte Sean ein Guckloch frei und schaltete den Motor an.

„Hast du Hunger?", fragte er mit einem aufmunternden Lächeln.

„Oh ja."

Er hob grinsend die Brauen. „Sturgess?"

„Den Laden gibt es noch?" Ich musste an die vielen wunderbaren Abende denken, die wir dort gemeinsam verbracht hatten. Die Bar hatte Tradition und bedeutete vielen Menschen in der Stadt eine Menge – so auch Tante Christa. Hatte sie das Sturgess nicht auch in ihrem unvollendeten Brief erwähnt?

Sean nickte. „Stell dir vor, die haben sogar noch deinen geliebten Lachsauflauf."

„Klingt super!"

Während der Fahrt schickte ich Sean in regelmäßigen Abständen einen Blick. Dabei fühlte ich eine angenehme Vertrautheit. Ganz gleich, was die Zukunft aus uns machen würde, für den Moment gab er mir das Gefühl, zu Hause zu sein. Ich wollte seine Nähe genießen, solange es ging.

Wir aßen zusammen, danach brachte Sean mich zurück auf die Ranch. Er versprach mir, sich etwas einfallen zu lassen, eine neue Möglichkeit, um hinter Christas Geheimnis zu kommen. Seine Verlobte war für ein paar Tage geschäftlich in Ottawa. Ich hatte also freie Bahn. Nicht dass ich vorhatte dies auszunutzen, aber man konnte ja nie wissen. Ich wollte ihn nicht kampflos aufgeben, andererseits wollte ich mich aber auch nicht in eine bevorstehende Hochzeit drängen. Das Schicksal sollte entscheiden. Dafür hatte es nur noch vier Wochen Zeit. Es würde sich wohl oder übel beeilen müssen.

/ # Kapitel 9

Mit Sean vergingen die Tage wie im Flug. Während Jessica zwischen Ottawa und Kelowna pendelte, verbrachten wir jeden freien Moment miteinander. Mir kamen Jessicas berufliche Verpflichtungen sehr gelegen, denn so hatte ich Sean ganz für mich allein. Er bemühte sich, mir jeden Wunsch von den Lippen abzulesen und ließ keine Möglichkeit aus, Christas geheimnisvollen Liebhaber zu finden.

In den vergangenen drei Tagen hatten wir ein Altenheim nach dem anderen besucht, um ehemalige Männerbekanntschaften meiner Tante zu den Briefen zu befragen. Die meisten davon waren lediglich lockere Beziehungen gewesen. In den sechziger Jahren hatte Christa sich der Flower-Power-Bewegung angeschlossen. Aus ihrer von Tabus befreiten Phase stammten die meisten Einträge in ihrem Adressbuch, das uns eine nützliche Hilfe war. Darunter Verflossene, Freunde und gute Bekannte. Sogar einige Prominente waren dabei. Weil wir davon ausgingen, dass M aus der Gegend war, beschränkten wir unsere Suche zunächst auf die nähere Umgebung. Damit hatten Sean und ich bereits alle Hände voll zu tun. Während ich mir die Finger wund telefonierte, durchforstete Sean das Internet. Nach einer Woche war das Ergebnis überaus ernüchternd. Zweiundzwanzig der achtunddreißig Männer aus Christas Adressliste waren bereits verstorben. Zwei waren nach Schlaganfällen nicht mehr in der Lage, mit uns zu sprechen, einer war an vaskulärer Demenz erkrankt, der Rest war nicht auffindbar.

Nachdem wir den letzten Kandidaten aus Christas Buch von unserer Liste gestrichen hatten, waren wir beide ziemlich niedergeschlagen. Die Suche nach M hatten wir uns einfacher vorgestellt. Ernüchtert mussten wir einsehen, dass es nicht so leicht war, jemanden zu finden, der nicht gefunden werden wollte.

„Ich hätte darauf wetten können, dass er unter den Namen im Adressbuch ist." Sean wiederholte sich. Er klappte kapitulierend das Buch zu. Ich nippte an meinem Cider. Nach einem weiteren erfolglosen Tag waren wir uns einig gewesen, dass ein Absacker im *Sturgess* wohlverdient war. Wir hatten Glück, dass unser Stammplatz, eine Eckbank neben dem Billardtisch, frei war und die Bar immer noch den besten Apfelwein der Stadt servierte.

„Ich auch", sagte ich stöhnend. „Aber ich glaube, dass wir trotz allem nah dran sind. Ich kann es fühlen."

„Ja. Wahrscheinlich übersehen wir irgendwas."

„Na ihr zwei?" Jo kam an unseren Tisch, er hielt eine braune Tüte mit dem Bar-Logo in Händen.

„Dad. Ist das etwa ein Pulled Pork-Sandwich?"

Jo setzte seine Unschuldsmiene auf.

„Was hatten wir vereinbart?"

„Heute ist doch mein Cheatday."

„Den hast du wohl jeden Tag."

„Sei nicht so streng mit deinem Vater. Ich habe mir dieses Essen redlich verdient."

„Was ist mit deinem Cholesterinspiegel und deinem Blutdruck?"

„Denen geht's gut."

Sean schüttelte verständnislos mit dem Kopf. Ich grinste hinter vorgehaltener Hand.

„Du weißt, was Doktor Murray gesagt hat. Zu viel Fett und Salz schadet deinem Herzen zusätzlich", belehrte ihn Sean.

„Aber zu wenig schadet meiner Seele und meinem Magen. Er kann nicht von mir erwarten, dass ich mich nur von Grünzeug ernähre."

Sean stöhnte genervt. Sein Vater beachtete es nicht. „Ach, Ellie …" Jo stützte eine Hand vor mir auf den Tisch. „Was ich dich fragen wollte … magst du lieber Truthahn oder Gans? Oder Fisch?"

„Ähm …"

„Fürs Weihnachtsessen", fügte er hinzu. „Sean und ich dachten, wir überlassen dir die Entscheidung."

„Oh, na ja … ich bin da nicht wählerisch."

„Na gut", er lächelte vorfreudig. „Und Kartoffeln. Oder isst du lieber was anderes?"

„Die Beilage ist mir eigentlich auch egal. Ich esse alles."

„Wie herrlich unkompliziert dieses Mädchen doch ist." Er lachte. Sean nickte bedächtig.

„Dann lass ich euch jetzt mal allein. Ich und dieses Sandwich haben noch ein Date." Er wedelte mit der Tüte in der Hand."

„Guten Appetit", wünschte ich ihm. Jo winkte ab und ging zur Tür hinaus. Sean und ich blickten ihm aus dem bodentiefen Schaufenster nach, bis er nicht mehr zu sehen war. Draußen dämmerte es bereits.

„Er ist einfach unverbesserlich." In Seans Stimme schwang Verständnislosigkeit mit. „Ich hatte ihm Fast Food verboten."

„Du hast es ihm verboten?" Ich konnte meinen Lachanfall nicht unter Kontrolle bringen.

Sean blieb todernst.

„Ich finde das nicht sehr lustig. Das Zeug bringt ihn noch mal um."

Ich plusterte die Wangen auf und schluckte mein Lachen hinunter. „Aber wenn es doch seiner Seele guttut", sagte ich, um einen versöhnlichen Tonfall bemüht.

„Dummerweise ist das oft nicht mit dem vereinbar, was gut für den Körper ist. Seine Blutwerte sind grottig. Vor zwei Jahren hatte er schon mal einen leichten Herzinfarkt."

„Das habe ich nicht gewusst." Ich musste daran denken, wie blass Jo gewesen war, als ich ihn vor einer Woche vor Harrys Laden getroffen hatte.

„Woher denn auch?" Seans Ton war auf einmal kalt.

„Bitte verzeih mir. Ich wusste nicht, dass es so ernst ist. Du darfst mir meine Unwissenheit nicht nachtragen."

„Darf ich nicht?" Er sah mich ohne Umschweife an. In seinem Blick lag eine Schärfe, die mir Angst einjagte. In den vergangenen Jahren war ich so mit mir und meinem Leben im fernen Frankfurt beschäftigt gewesen, dass mir einfach der Kopf für Kanada gefehlt hatte. Ich hatte mich von meiner Tante und allen anderen hier abgewandt. Wie konnte ich das je wiedergutmachen?

„Vergiss es einfach." Er führte sein Glas an seine Lippen und trank aus.

„Wenn du mir Vorhaltungen machen willst, warum hast du es nicht gleich getan?" Ich sparte mir das Rumzetern und kam zur Sache. „Ich weiß, dass ich Fehler gemacht habe. Ich habe Christa vernachlässigt, habe sie allein gelassen, als sie mich brauchte. Gott weiß, ich habe es verdient, schlecht behandelt zu werden ..."

„Ich habe nicht vorgehabt, Salz in die Wunde zu streuen", unterbrach er mich.

„Und ich hatte nicht vor, mich über deine Fürsorge lustig zu machen!"

Trotzdem fragte ich mich, warum er so gereizt reagiert hatte. Das passte gar nicht zu dem Sean, den ich kannte.

„Willst du noch etwas trinken?" Schlagartig schien sein Ärger verflogen.

„Nein", sagte ich und robbte aus der Bank. „Ich denke, ich hatte genug."

Abrupt stand auch er auf, kramte ein paar zerknüllte Geldscheine aus seiner Hosentasche und legte sie auf den Tisch.

An diesem Abend sprachen wir weniger als sonst. Auf der Rückfahrt schien Sean in Gedanken versunken. Hatte ich ihn enttäuscht? Irgendwie wirkte er auf mich sensibler als vorher – unausgeglichener. Als würde er eine enorme Last mit sich schleppen. Gab es einen bestimmten Grund dafür?

Sein Wagen stoppte vor meinem Haus, und das bedrückende Schweigen nahm kein Ende. Sean starrte weiter geradeaus, die Hände fest ums Lenkrad geschlossen.

„Dann noch eine gute Nacht", verabschiedete ich mich von ihm. Er atmete hörbar ein, drehte seinen Kopf zu mir, und ich glaubte Wehmut in seinem Gesicht zu lesen – einen erdrückenden seelischen Schmerz. Ich zögerte mit dem Aussteigen, denn ich spürte, dass ihn etwas belastete. Ich konnte ihn nicht verlassen. Nicht so.

„Liegt es an mir?", fragte ich kurzerhand. „Habe ich heute etwas falsch gemacht? Ich meine, bis auf meinen Mangel an Einfühlungsvermögen, für den ich mich nicht genug entschuldigen kann."

Unsere Blicke trafen sich. Erleichtert stellte ich fest, dass er lächelte. „Du hast nichts falsch gemacht, Ellie."

Ich schnaufte durch.

„Nicht heute." Dieser Zusatz wischte das Lächeln in seinen Augen mit einem Schlag weg, ebenso wie meine Erleichterung. Soeben hatte er mir unmissverständlich klargemacht, wie übel er es mir immer noch nahm, dass ich ihn verlassen hatte. Dabei hatte ich gedacht, das wäre zwischen uns geklärt.

„Gute Nacht, Ellie", sagte er, ohne mich anzusehen. Beschämt biss ich mir auf die Unterlippe, öffnete die Beifahrertür und stieg aus. „Danke fürs Fahren."

Er nickte nur. Ich wollte gerade die Tür zuschlagen, als er eine Hand hob. „Morgen um die gleiche Zeit?"

Ich blinzelte verwirrt. Nach der unterkühlten Fahrt hierher hatte ich schon nicht mehr damit gerechnet, dass er mich morgen wiedersehen wollte.

Erwartungsvoll schaute er zu mir auf. „Ich habe dir versprochen, wir finden diesen M." Seans Augen funkelten im fahlen Licht des Mondes, der auf uns herabschien und den Schnee rundherum zum Glitzern brachte. Es war eine herrlich klare Winternacht.

„In Ordnung", antwortete ich mit einem leichten Lächeln, das Sean erwiderte. „Schlaf gut."

„Du auch."

„Ach ... Ellie?"

„Ja?"

„Ich freue mich, dass du Weihnachten mit uns feiern wirst."

„Ich mich auch."

„Das wird wie früher." Lächelnd hob er eine Schulter. „Na ja, fast wie früher." Auf einmal wirkte er überaus melancholisch. „Ich werde mich bemühen, dir etwas von der Weihnachtsmagie zu geben, die du von Christa gewohnt bist", sagte er voller Mitgefühl.

„Ist das ein Versprechen?"

„Das ist es!"

Ich lächelte gerührt und verabschiedete mich.

„Mach's gut, Ellie." Seans wunderschöne Augen glänzten. „Ich warte noch, bis du im Haus bist. Nur zur Sicherheit."

Mit einem leichten Grinsen schloss ich die Autotür.

Auf dem Weg ins Haus spürte ich Seans Blick auf mir. Ein wohliges Prickeln breitete sich auf meiner Haut aus. Ich war froh, dass jetzt zwischen uns wieder alles in Ordnung war und konnte unser Wiedersehen kaum abwarten.

In den darauffolgenden Tagen blieb jedoch kaum Zeit, um mit Sean ausgiebig nach M zu suchen. Ganz Kelowna schien sich plötzlich in ein Weihnachtswunder verwandelt zu haben. Sean hatte alle Hände voll zu tun, um seinen Vater beim alljährlichen Dekorationsmarathon zu unterstützen.

Sämtliche Häuser waren mit Lichterketten geschmückt, am alten Marktplatz vor der Kirche stand eine mit bunten Päckchen behängte Tanne, die bis zu den Dächern hinaufreichte. Wohin man auch ging, wurde Weihnachtsmusik gespielt. Es herrschte eine feierliche Vorfreude aufs Fest, die auch mich infizierte. Seit dem Morgengrauen war ich damit beschäftigt, das Haus weihnachtstauglich zu machen. Christa hatte unzähligen Schmuck besessen. Für sie hatte es nie genug sein können. Eigentlich hatte ich zusammenpacken wollen, stattdessen packte ich aus. Drei Kisten mit Weihnachtssachen hatte ich bereits aus dem Keller hochgeschleppt. Dabei war mir die alte Falltür aufgefallen, die völlig marode war. Sie stammte noch aus dem frühen neunzehnten Jahrhundert, in dem das Haus erbaut worden war. Provisorisch hatte ich sie mit einem Holzbalken gesichert, damit es von draußen nicht hineinschneite. Ich beschloss, Tobias zu bitten sie zu erneuern.

Zwischen den vielen Engeln, Sternen und Lichthäusern fiel es mir schwer, mich zu entscheiden. Obwohl Christa nicht besonders gläubig gewesen war, hatte sie Weihnachten immer inbrünstig gefeiert. Dabei war es ihr stets mehr darum gegangen, einander wertzuschätzen, zu helfen, und eine Zeit im Jahr zu schaffen, in der Wünsche in Erfüllung gingen – Wunder möglich waren. Ich fragte mich, ob sie insgeheim immer auf ihr eigenes Weihnachtswunder gewartet hatte. Darauf, dass M endlich zu ihr stehen würde.

Ich verwarf den Gedanken, wickelte eine Schneekugel aus Zeitungspapier aus und schüttelte sie in meiner

Hand. Fasziniert betrachtete ich die kunstvolle Miniaturlandschaft im Innern. Ich erinnerte mich noch gut an die Kugel, die ein Schlittschuh laufendes Paar auf einem vereisten See zeigte, das sich in den Armen hielt. Ringsherum waren niedliche Fichten, auf deren grünen Ästen sich die weißen Flocken sammelten. Wehmut überkam mich, als ich an das erste Mal dachte, an dem ich Weihnachten in diesem Haus verbracht hatte. Damals hatte ich nicht einsehen wollen, was Christa so wichtig an diesem Fest war. Stur wie ich gewesen war, hatte ich mich auf mein Zimmer verzogen, fest entschlossen, den Heiligen Abend mit lauter Musik in meinem Bett zu verbringen. Am Ende hatte es Christa mit ihrer feinfühligen Art doch noch geschafft, mich zum Herunterkommen zu bewegen. Wir hatten gemeinsam gegessen. Nichts Spektakuläres. Es hatte Makkaroni mit Käse gegeben, weil wir beide die so gerne aßen. Später hatten wir dann im Wohnzimmer vor dem Kaminfeuer gesessen, und ich hatte ihren Geschichten von früher gelauscht.

Als jene Nacht zu Ende ging, hatte Christa die wahre Bedeutung von Weihnachten an mich weitergegeben. Von da an zählten für mich ganz andere Werte. Fortan war ich überzeugt, dass der Zauber der Weihnacht für alle greifbar war, die bereit waren, ihn zu sehen. Er steckte in den kleinen Dingen. In jenen, die für uns selbstverständlich sind und die wir deshalb viel zu oft unbeachtet lassen. Zu lieben und geliebt zu werden – darauf kam es an.

Ich hängte die Strümpfe an den Kamin. Einen für mich, einen für Christa. Solange ich hier war, solange ihre Asche noch nicht verstreut war, wollte ich an dieser Tradition festhalten. Ein letztes Mal, um Christa zu ehren und um die Freude über ein besinnliches Fest in mir einzuschließen. Die Schneekugel fand ihren Platz neben Christas Urne auf dem Kaminsims. Tobias hatte mir eine kleine Tanne aus dem Wald mitgebracht, die ich mit bunten Kugeln und einer glitzernden Girlande behängt hatte. Sie reichte mir nur knapp bis über die Schulter, doch auf die Größe kam es nicht an. Ich knipste das Licht aus. Das Wohnzimmer war nur noch vom flackernden Schein des Kaminfeuers erhellt. Ich hielt einen Moment inne und dachte an Christa. Was nun folgte, hatten wir früher gemeinsam zelebriert.

„Für dich, liebe Tante", murmelte ich und steckte die Lichterketten in die Steckdose. Im nächsten Augenblick erstrahlte mein Weihnachtsbaum mindestens genauso glanzvoll wie der auf dem Marktplatz. Er erfüllte das Haus mit festlicher Stimmung. Lobend klopfte ich mir selbst auf die Schulter, denn ich war stolz auf mein Werk. Draußen tanzten die Schneeflocken gegen die Fenster und rundeten die herrlich festliche Stimmung ab. Was ich in Deutschland mit einem genervten Ächzen abgetan hätte, nahm ich hier mit ungewohnter Lässigkeit hin. An diesem Ort folgte der Winter noch den alten Regeln. Er schaffte eine außergewöhnliche Gemütlichkeit, nicht nur innerhalb der Häuser, sondern auch in den Herzen der Menschen.

In puncto M waren Sean und ich auch zwei Tage später nicht weitergekommen. Albert Sandersons Hinweis, Christa habe sich mit Bert, dem hiesigen Wildhüter getroffen, entpuppte sich als Sackgasse. Bert, der von April bis Oktober in einer einsam gelegenen Waldhütte gewohnt hatte, hieß mittlerweile Bertha und seine Aufenthalte im Wald beschränkten sich auf Spaziergänge mit seinem Lebensgefährten Paul. So langsam verlor ich die Hoffnung darauf, dass wir Christas Briefeschreiber je finden würden.

Es ging mit großen Schritten auf Weihnachten zu. Das Fest bot eine willkommene Abwechslung von der nervenaufreibenden Suche. Ich beschloss, das Tempo über die Feiertage herauszunehmen und eine Pause einzulegen.

Wie immer hatte ich meine Geschenke auf den letzten Drücker besorgt. Da ich nicht geplant hatte, die Feiertage in Kanada zu verbringen, war ich relativ planlos und ließ, anders als gewöhnlich, alles auf mich zukommen. Jo hatte in den vergangenen Tagen täglich angerufen, um sicherzustellen, dass ich meine Meinung nicht änderte. Er wusste, meine Entscheidung stand auf wackeligen Beinen, solange ich sie meiner Mutter noch nicht mitgeteilt hatte. Gestern Abend hatte ich dann all meinen Mut zusammengenommen und sie von meinem Entschluss, Weihnachten bei den Wheatons zu verbringen, in Kenntnis gesetzt. Wie zu erwarten, hatte sie mich angeschrien. Sie hatte mir vorgeworfen, ich würde die Suche nach Christas geheimnisvollem Briefeschreiber als Ausrede nehmen, um hierbleiben zu können. Einen Moment lang hatte ich gedacht, sie könnte damit recht haben. Schließlich hatte ich zu Beginn meines Aufenthaltes wirklich vorgehabt, Kanada schnellstmöglich wieder zu verlassen. Was war also geschehen? Ich hinterfragte meine Entscheidung und kam zu dem Schluss, dass ich schlichtweg nicht gehen wollte, was ich allerdings für mich behielt. Als ich meiner Mutter gesagt hatte, dass es mir leidtue, hatte sie nur gemeint, ich solle mir diese Höflichkeit sparen. Sie hatte aufgelegt, bevor ich etwas dazu sagen konnte, und ich hatte darauf verzichtet, erneut anzurufen. So langsam war ich es leid, ihr ständig alles recht zu machen. Ich wünschte mir, sie würde endlich damit aufhören, mich herumzukommandieren, aber davon war sie weit entfernt. Seit unserem Telefonat herrschte Funkstille. Ich fühlte mich im Recht, weshalb ich nicht bereit war mich zu entschuldigen. Nicht dieses Mal.

Es war der Tag vor Heiligabend und ich hatte beschlossen, ihn auf der Ranch zu verbringen. Allein. Sean war mit Jessica bei ihren Eltern in Calgary. Er würde erst spät am Heiligen Abend zurück sein. Eigentlich hatte Jessicas Familie vorgehabt, bei den Wheatons zu feiern, doch ihre Großmutter war erkrankt, weshalb sie kurzfristig umgeplant hatten.

Ich genoss die Ruhe mit einem guten Buch und einer Tasse Tee. Warm eingepackt in einer Decke saß ich auf der Couch, lauschte dem Knistern der Flammen im Kamin und beobachtete den leise fallenden Schnee vor den Fensterscheiben. Sorgsam hatte ich die Geschenke unter dem Weihnachtsbaum zurechtgelegt. Die Strümpfe hatte ich mit Nüssen und Äpfeln gefüllt, so wie Christa es immer getan hatte. Als es an der Tür läutete, legte ich mein Buch beiseite, huschte über den Flur und öffnete.

„Hallo, Ellie." Tobias stand da, in den Händen hielt er einen Korb mit Eiern, an dem eine rote Schleife angebracht war. „Ich wollte dir nur eine Kleinigkeit vorbeibringen."

„Das ist lieb. Komm doch rein." Ich winkte ihn in den Flur.

„Die Eier sind schändlich überfällig, aber die Hühner sind im Winter irgendwie etwas legefaul. Und ich dachte, es sollte sich auch lohnen."

Ich nickte lächelnd und nahm ihm den Korb ab. Zwischen einem Dutzend weißer Eier lag eine kleine Holzfigur. Als ich sie hochnahm, sah ich, dass es ein Bär war."

Tobias folgte mir in die Küche und nahm am Tisch Platz.

„Der ist handgeschnitzt." Er deutete auf den Bären in meiner Hand.

Ich besah mir die kleine Figur von allen Seiten. „Er ist wunderschön."

„Freut mich, dass er dir gefällt. Ich war nicht sicher, ob du Bären auch so gerne magst. Deine Tante mochte sie sehr."

„Ich weiß", hauchte ich gedankenverloren.

„Natürlich hätte ich ihn dir auch morgen geben können, aber ich dachte, warum warten?"

Ich lächelte.

„Wie geht es dir? Hast du dich gut wieder eingelebt?"

„Ja, hab ich. Es ist fast so, als wäre ich nie fort gewesen." Ich verstaute die Eier im Kühlschrank. „Ich habe gerade Wasser gekocht. Möchtest du einen Tee?"

„Gerne."

„Sag mal, Tobias. Darf ich dich was fragen?" Ich setzte ihm die Tasse vor und nahm ihm gegenüber Platz.

„Nur zu."

„Wie lange kanntet ihr euch, ich meine, du und Christa?" Er schien eine Menge über sie zu wissen, und ich fragte mich, ob er vielleicht doch etwas über M zu erzählen hatte.

Er hob die Brauen und zog seine Tasse näher zu sich heran. „Wir haben uns vor drei Jahren kennengelernt, als wir hergezogen sind, das hatte ich dir doch schon gesagt. Oder nicht?" Er wirkte unsicher.

„Oh ja. Ich denke schon. Und … ihr habt euch bestimmt nicht schon vorher irgendwo kennengelernt, bei irgendeiner Reise? Vielleicht als Christa in England war?"

Er stierte vor sich, angestrengt nachdenkend. „Nein. Nein, ich bin mir ziemlich sicher, dass wir uns erst hier kennenlernten. Warum möchtest du das wissen?"

„Ich wollte nur sichergehen. Christa ist ja viel rumgekommen, da dachte ich, es wäre möglich, dass ihr euch schon vorher kanntet."

„Nein, bedauerlicherweise nicht. Weißt du, meine Clara ist auch viel rumgekommen in der Welt. Sie war sogar schon mal am Amazonas bei den Ureinwohnern. Sie war Biologin, musst du wissen."

Die liebevolle Weise, in der er über seine verstorbene Frau sprach, disqualifizierte ihn als möglichen Mr M. Er war es nicht, und er stand Christa auch nicht nahe genug, um irgendetwas zu wissen. Wieder eine Sackgasse. Allmählich gingen mir die Ideen aus.

Nachdem ich Tobias nachgeschaut hatte, wie er mit dem Früchtekuchen davonfuhr, den ich für ihn gekauft hatte, kreisten meine Gedanken weiter um Christa. Sie hatte viele Menschen beschäftigt, ohne dass jemand etwas von dem Mann mitbekommen hatte, der ihr Leben geprägt hatte. Ich fand einfach keine Erklärung dafür. Es war, als wäre M ein Geist. Was, wenn er es bleiben würde?

# Kapitel 10

Der Heilige Abend kam, und ich fuhr mit Tobias zu Jos Haus, das wie kein anderes in der Nachbarschaft am Stadtrand geschmückt war. Santas mit Rentieren bespannter Schlitten parkte im Vorgarten. Vom Dach hingen leuchtende LED-Eiszapfen. Selbst die Fenster waren von Lichterketten umrahmt. Die Wheaton'sche Stromrechnung musste zum Jahresende ein kleines Vermögen betragen.

Jo stand bereits am Fenster, als wir aus dem Wagen stiegen. Keine Sekunde später ging die Haustür auf, und er empfing uns mit offenen Armen.

„Da seid ihr ja endlich!", rief er freudig. Vollgepackt mit Geschenken stapften wir den kleinen Weg bis zur Tür durch den Schnee.

„Ist es nicht ein herrlicher Abend?" Jo drückte mich noch auf der Türschwelle an sich.

„Ganz wunderbar, Jo", antwortete Tobias, mit Blick auf das beinahe wolkenlose Sternenzelt.

Ich ging hinein.

„Sind Sean und Jessica schon zurück?", fragte ich vorsichtig.

Jo nahm uns die Mäntel ab. „Oh, es ist so ... der Zustand von Jessicas Großmutter hat sich wohl verschlechtert."

„Oh nein", stieß Tobias aus, „und das ausgerechnet an Weihnachten."

Jo seufzte. „Ja, es ist gerade alles etwas viel für die Familie. Jessica möchte sie jetzt nur ungern allein lassen."

„Verständlich."

„Und Sean will ihr natürlich beistehen."

„Natürlich." Tobias folgte Jo ins Esszimmer, aus dem der herrliche Duft von gebratener Gans strömte. Ich zögerte hinterherzugehen. Die Enttäuschung darüber, dass Sean nicht hier sein würde, musste ich erst einmal verdauen. Andererseits war ich auch erleichtert, Jessica nicht gegenübersitzen zu müssen. Ich verstand, warum er sich entschieden hatte nicht zu kommen. Sean gehörte nicht zu den Männern, die einen im Stich ließen, wenn es darauf ankam. Trotzdem war ich gegen meine aufkommende Eifersucht machtlos, die mich Jessicas Absichten infrage stellen ließ.

„Ellie, trinkst du Wein oder lieber etwas anderes?", fragte Jo, und ich setzte mich endlich wieder in Bewegung.

„Wein wäre perfekt."

„Wärst du so nett und würdest ihn aus meinem Arbeitszimmer holen? Du weißt ja noch, wo's ist." Jo wirkte etwas gestresst. „Ich muss noch das Soufflé auftischen."

„Kein Problem", sagte ich und ging über den Flur. Ich wusste zwar, welche Tür zu seinem Arbeitszimmer führte, hatte den Raum aber nie zuvor betreten. Früher war er für alle außer ihm tabu gewesen.

„Der Weinschrank ist in der Ecke hinter dem Schreibtisch", rief Jo.

„Ich sehe ihn", antwortete ich. Ich wollte nach einer Flasche greifen, als ich die alte Olympus bemerkte, die neben dem Weinschrank auf dem Boden stand. Sie war halb mit einem Tuch zugedeckt. Ich beugte mich hinunter, nahm das Tuch zur Seite und strich mit den Fingern über die runden Tasten der antiken Schreibmaschine. Das Geheimnis um Christas Briefe schien mich zu verfolgen. Langsam wurde ich wohl paranoid.

„Hast du dir einen Wein ausgesucht?", fragte Jo. Ich schüttelte mich unmerklich. Rasch deckte ich die Olympus wieder zu. Es gab unzählige dieser alten Maschinen. Bei meinem Stiefvater im Haus stand eine ganz ähnliche.

Ich nahm irgendeinen Wein aus dem Schrank und kehrte zum reich gedeckten Esstisch zurück. Es gab Kartoffeln, Erbsen, frisches Brot, drei unterschiedliche Saucen, gebackene Champignons und eine Schüssel mit buntem Salat. Mittendrin stand die dampfende Gans. Alles sah köstlich aus. Ich kam aus dem Staunen nicht mehr heraus.

„Du hast dir aber Mühe gemacht!", lobte ich Jo und nahm neben Tobias Platz.

„Erwartest du sonst noch wen? Das Hockeyteam vielleicht?", scherzte Tobias, als er seine Serviette neben den Teller legte.

„Heute soll es uns an nichts fehlen", tönte Jo mit der Geflügelschere in der Hand. „Und … wer weiß, vielleicht schaffen es Sean und Jessica ja doch noch." Obwohl er sich guter Stimmung gab, war es ihm dennoch anzusehen, dass er enttäuscht war, ohne seinen Sohn Heiligabend feiern zu müssen. Außerdem war es auch das erste Weihnachten ohne Margery. Unwillkürlich drängte sich mir der Gedanke auf, wie sein Abend verlaufen wäre, wären Tobias und ich auch nicht gekommen. Allein die Vorstellung davon war herzzerreißend.

Ebenso wenig wollte ich glauben, dass Sean an diesem Abend kein schlechtes Gewissen hatte, weil er nicht bei seinem Vater sein konnte. Oder irrte ich mich da? Ich fand Sean verändert. Ob der Tod seiner Mutter schuld war? Dass er sich meinetwegen anders verhielt, nahm ich ihm nicht ab. Schließlich waren wir damals noch jung gewesen. Viel zu jung. Und Sean hatte es selbst gesagt: Ich hatte keine Ahnung, was er brauchte. Vermutlich hatte er damit recht.

Jo war schon immer ein exzellenter Koch gewesen. Das Essen war ein Genuss. Zum Nachtisch gab es Kuchen, Pudding und Punsch. Nachdem ich freiwillig den Abwasch übernommen hatte, ging ich ins Wohnzimmer, wo die beiden Männer bei einer Partie Poker saßen. Der Weihnachtsbaum erstrahlte in gold-roten Farben vor der großen Fensterfront des Wintergartens. Darunter hatte Jo die Geschenke hübsch zurechtgelegt. Jedes war aufwändig verpackt und mit einer Schleife umwickelt. Eine Weile sah ich den beiden bei ihrem Spiel zu. So lange, bis Tobias die Partie für sich entschied. Er knallte sein Blatt auf den Tisch und riss jubelnd die Arme hoch.

„Aah", grummelte Jo. „Ich fordere eine Revanche, mein alter Freund."

„Die kannst du haben, aber glaub ja nicht, dass ich es dir einfacher machen werde." Tobias stand auf und streckte den Rücken durch. „Wenn ihr mich kurz entschuldigt ... auf diesen glorreichen Sieg werde ich mir eine Zigarre genehmigen."

„Du weißt ja, wo's raus geht." Jo tat beleidigt und wedelte mit einer Hand Richtung Tür. Im Hause *Wheaton* war seit jeher Rauchverbot.

„Ja, ja." Tobias ging in den Flur, legte seinen Mantel an und trat pfeifend vor die Tür.

„Ich habe ihn natürlich gewinnen lassen", erklärte Jo mir, als ich mich neben ihn in den Sessel setzte.

„Natürlich." Ich tat, als nähme ich ihm den geschenkten Sieg ab. Er lächelte selig und fixierte die Flammen im Kamin. War das Kummer, den ich in seinem Gesicht sah? Ich fühlte mich schrecklich, weil ich Margerys Tod bisher unerwähnt gelassen hatte. Noch hatte ich einfach nicht die richtigen Worte gefunden. Aus eigener Erfahrung konnte ich jedoch behaupten, dass Schweigen schlimmer sein konnte, als das Falsche zu sagen. Für einen Moment lauschten wir Frank Sinatras Aufzeichnung von *Winterwonderland.* Innerlich legte ich mir die Worte zurecht. Nichts konnte bedrückender sein, als das erste Weihnachtsfest ohne einen geliebten Menschen feiern zu müssen. Obwohl ich Christa Jahre nicht gesehen hatte, war es mir stets eine Freude gewesen, an Weihnachten mit ihr zu telefonieren. Ihre Stimme zu hören, während im Hintergrund Bing Crosby sang. Es war der Gedanke, die Vorstellung, sie in ihrem gemütlichen Haus zu wissen, bei dem mir warm ums Herz geworden war. Beim Gedanken an die Tatsache, dass ich in ein leeres Haus zurückkehren würde, wenn dieser Abend vorbei war, spürte ich einen Kloß im Hals, der sich nicht so einfach hinunterschlucken ließ.

„Wir haben noch gar nicht über Margery gesprochen", begann ich behutsam.

Jo ließ ein lautes Seufzen hören.

„Ich wollte nicht so rüberkommen, als würde ich keine Anteilnahme an ihrem Tod nehmen, aber ..."

„Das tust du nicht", stoppte er mich.

Erleichtert schnaufte ich durch. „Sie fehlt dir bestimmt sehr."

Jo nickte, ohne von den Flammen aufzusehen. Sein Gesicht war vom Schein erhellt. „Ich weiß, dass sie es dir nicht immer leicht gemacht hat. Margery war eine liebenswerte Person – auf ihre Weise. Allerdings hatte sie in einigen Belangen eine recht altmodische Ansicht. Sie hat es nicht böse gemeint, Ellie. Sie hat …", er machte eine Pause, um Luft zu holen, „… geglaubt, Sean beschützen zu müssen. In deinem Fall hat sie einen großen Fehler gemacht. Und mein Fehler war es, ihr nicht deutlich gemacht zu haben, dass sie falsch lag. Ich habe mich zurückgehalten. Dafür muss ich mich bei dir entschuldigen."

Ich war überrascht das zu hören. Obwohl ich gewusst hatte, dass er mich immer in einem anderen Licht gesehen hatte als seine Frau, dachte ich dennoch, dass er ihre Art, mit mir umzugehen, toleriert hatte. Ich hatte falschgelegen.

„Du musst dich nicht entschuldigen", stellte ich klar.

„Oh doch, ich denke schon." Er stand auf, ging zum Weihnachtsbaum, griff nach einem der Päckchen und reichte es mir. „Hier, Ellie. Ich fand, du solltest es haben."

Ich packte aus. Als ich das alte Foto von Sean und mir sah, hielt ich sprachlos inne.

„Erinnerst du dich an diesen Tag?"

Gerührt legte ich eine Hand über meinen Mund, um ein Schluchzen zu unterdrücken.

„Es war dein erster Arbeitstag im Restaurant."

„Ich war schrecklich nervös."

„Es hing lange Zeit bei uns an der Wand, zwischen all den anderen Fotos besonderer Gäste … und Bedienungen. Sean hat es abgenommen, als ihm klar wurde, dass du so schnell nicht zurückkommen würdest. Ich habe es aufbewahrt, bis zum heutigen Tag. Ich dachte, du willst es vielleicht mitnehmen – als Erinnerung."

„Ich danke dir." Meine Stimme bebte vor Rührung. Ich umarmte Jo, denn er hatte mir ein wundervolles Geschenk gemacht. Ein Bild aus unbeschwerten Tagen. Aus einer Zeit, in der ich alles für möglich hielt. Hätte ich damals doch nur gewusst, was ich einmal verlieren würde.

Ich betrachtete die junge, unsichere Ellie, die ich einst war, und kämpfte mit den Tränen. Neben mir strahlte Sean. Selbstbewusst wie eh und je. Mit den Fingerkuppen strich ich über unsere Abbilder. Vierzehn Jahre lagen zwischen den Personen auf dem Foto und jenen, die wir jetzt waren. Trotzdem fühlte es sich an, als wäre es erst gestern gewesen, dass Jo uns auf der Veranda des *Wheaton* fotografiert hatte.

Mit dem Ärmel trocknete ich meine Tränen. Das Foto, so schön es war, erinnerte mich auch daran, was ich für immer verloren hatte.

„Es ist mir sehr kostbar", schluchzte ich. „Es zeigt mich während der schönsten Zeit meines Lebens."

Jo legte den Kopf schräg. „Egal was zwischen euch vorgefallen ist, ich möchte, dass du etwas weißt: Nachdem du weg warst, hat Sean kaum noch etwas gegessen. Ich habe ihn nicht mehr wiedererkannt. Er wurde unverlässlich und schnell wütend. Es war so schlimm, dass ich ihn einmal sogar aus dem Restaurant geworfen habe. Er hat sich von allen zurückgezogen."

„Das tut mir leid zu hören."

„Ich bin sicher, es war auch für dich keine einfache Zeit. Aber du hattest damals deine Gründe zu gehen."

„Ja", hauchte ich. Auch wenn ich diese mittlerweile als nichtig ansah.

„Man merkt es ihm nicht an, aber Sean war schon immer ein sensibler Charakter."

„Wenn ich nur gewusst hätte, wie es ihm ging …"

„Er hat mit niemandem darüber gesprochen, nicht einmal mit mir. Aber ich habe ihm angesehen, wie sehr er dich vermisst hat. Jahrelang."

„Mir ging es wie ihm", gestand ich.

Jo schaute mich mit hochgezogenen Brauen an. In diesem Moment brachte ich es nicht über mich, ihm zu sagen, dass Margery uns eine zweite Chance verwehrt hatte. Es änderte ohnehin nichts mehr.

„Ich habe nicht viel in meinem Leben getan, auf das ich stolz sein kann", beichtete ich. „Viel zu oft habe ich falsche Entscheidungen getroffen. Ich habe meine Mutter enttäuscht, ich habe Christa enttäuscht und Sean. Ich weiß nicht, was davon am schlimmsten gewesen ist."

„Ich kenne deine Mutter nicht, aber bei allem, was ich über sie gehört habe, denke ich, dass sie es dir auch nicht immer leichtgemacht hat. Es kommt darauf an, was die Menschen von dir erwarten, Ellie. Deine Tante hast du nie enttäuscht. Und auch Sean nicht, das weiß ich mit Sicherheit."

Ich schüttelte entschieden den Kopf. „Sean hat gewollt, dass ich bleibe. Er hätte alles dafür getan. Aber ich habe ihm nicht richtig zugehört."

„Du wolltest erst deine Erfahrungen sammeln. Dagegen ist nichts einzuwenden.“

„Er trägt es mir nach.“

„Vielleicht. Das kannst du ihm aber auch nicht verdenken. Er hat dich mehr geliebt als alles andere.“

„Wir waren noch Kinder.“ Wie oft wollte ich diesen Grund noch vorschieben?

„Und er hat nie damit aufgehört“, knüpfte er an seinen vorherigen Satz an, ohne auf meinen Einwand einzugehen.

Erstaunt betrachtete ich ihn. Er nickte mit einem schiefen Lächeln.

„Ellie, wir können doch ehrlich zueinander sein.“ Er lehnte sich vor. „Liebst du meinen Sohn noch?“

Ich druckste herum, erkannte jedoch, dass es unnötig war, ihm vorzuenthalten, wie es in mir aussah.

„Ja“, wimmerte ich. „Ich liebe ihn.“

Mit einem zufriedenen Lächeln auf den Lippen fiel er zurück in die Lehne seines Sessels.

„Aber ich wüsste nicht, was das ändern sollte. Er hat doch Jessica. Er wird sie heiraten und nicht mich.“

Jo verdrehte die Augen. „Hör mir bloß auf! Wer heiratet schon im Winter? Wo es doch hier bei uns im Frühling viel schöner ist.“

Ich zuckte die Schultern.

„Über dreihundert Gäste, ein Festsaal so groß wie ein Footballfeld, eine Pferdekutsche, Tauben und mein Sohn in einem eisblauen Frack? Meinst du allen Ernstes, dass Jessica ihn glücklich machen kann? Ich habe meinen Sohn auf die Welt kommen sehen, ihm das Fahrradfahren beigebracht und war dabei, als er sich beim Baseball seinen ersten Zahn ausgeschlagen hat. Diese Frau ist das Letzte, was er braucht."

„Du bist ja ganz schön hart mit ihr." Seine Ehrlichkeit verblüffte mich. Insgeheim empfand ich jedoch so etwas wie innere Genugtuung.

Er lehnte sich erneut zu mir und legte seine Hand über meine. „Ich bin alt, Ellie. Daran erinnern mich meine Knochen jeden Tag. Mein Herz setzt hin und wieder einen Schlag aus. Ich nehme Pillen dafür, aber die können das Unvermeidliche auch nicht ewig aufhalten. Als ich ein junger Mann war, war ich so naiv zu glauben, dass ich alle Zeit der Welt hätte. Heute bedauere ich nichts so sehr, als dass ich nicht alles dafür getan habe, glücklich zu sein."

„Aber du warst doch glücklich, oder nicht? Du hattest deine Familie, das *Wheaton*." Ich musterte ihn prüfend.

„Wir Menschen sind eine komische Spezies. Manchmal tun wir uns aus Angst vor dem Alleinsein zusammen, obwohl wir nicht zueinander passen. Irgendwann merken wir dann, dass uns das einsamer denn je macht."

„Ich denke auch nicht, dass sie gut zusammenpassen – Sean und Jessica."

Jos Blick verlor sich in den Flammen. „Eine Zeit lang gelingt es den Menschen, unüberbrückbare Unterschiede auszublenden. Auf Dauer kann das allerdings sehr belastend sein, um nicht zu sagen: Es macht krank."

Ich betrachtete ihn mit zusammengekniffenen Augen.

„Sean ist mein einziges Kind", fuhr er fort. „Ich möchte nicht, dass er sich in einer Ehe gefangen fühlt.

Ich will, dass er diejenige zur Frau nimmt, der sein Herz
gehört."

„Das wünsche ich mir auch für ihn."

„Noch ist nichts verloren, Ellie." Er sah mir direkt ins
Gesicht.

„Ich befürchte, das ist es."

Jo schüttelte energisch mit dem Kopf. „Er mag dieser
Frau ein Versprechen gegeben haben, und er mag glauben, dass es unehrenhaft sei, es zu brechen, aber wir leben doch nicht mehr im achtzehnten Jahrhundert. Es
sollte doch erlaubt sein, seinem Herzen zu folgen",
sagte er leiser werdend und wirkte plötzlich ganz versunken. „Er soll es erkennen, bevor es zu spät ist. Im
Grunde ist es nie zu spät, zu jemandem zu stehen, den
man liebt."

Jo hörte sich ungewöhnlich tiefgründig an. Noch nie
hatte ich ihn so ernst erlebt. War es die Heilige Nacht,
die uns an jene erinnerte, die von uns gegangen waren?
Für ihn war dieser Abend zweifellos von einer besonderen Schwere geprägt. Die Frau, mit der er mehr als
die Hälfte seines Lebens geteilt hatte, war nicht mehr
da. Ich wollte mir jenen Schmerz gar nicht vorstellen.
Wahrscheinlich war es ihm auch deshalb so wichtig,
dass Sean in seiner Ehe Erfüllung fand.

Die Haustür ging auf. „Puh, es sind bestimmt minus
zwölf Grad da draußen." Tobias kam zurück ins Wohnzimmer. „Was hab ich verpasst?" Sein Blick wanderte
aufmerksam zwischen Jo und mir hin und her. Jo
schaute nicht zu Tobias auf. Schweigend starrte er weiterhin ins Feuer.

„Ist alles in Ordnung?", erkundigte Tobias sich bei
mir.

Meine Lippen bildeten eine schmale Linie, denn ich war nicht sicher. Nie zuvor hatte ich Jo so gedankenversunken erlebt.

„Es ist wegen Margery", schloss Tobias, schenkte zwei Gläser Punsch ein und reichte seinem Freund eines davon. „Ich kenne deinen Schmerz, Jo. Niemand versteht besser, was du gerade durchmachst."

Wortlos lehnte Jo den Punsch ab. Tobias runzelte die Stirn.

„Es muss schlimmer sein, als wir dachten", flüsterte er mir zu und reichte stattdessen mir das Glas. Dankend nahm ich es an. Es war bereits nach Mitternacht, aber weder Tobias noch ich brachten es über uns zu fahren.

Als Jo wenig später im Sessel einschlief, deckte ich ihn zu. Anschließend machten wir es uns ebenfalls bequem. In Decken eingehüllt, verbrachten wir die Nacht bei Jo und leisteten uns gegenseitig Gesellschaft. Keiner von uns war erpicht darauf, in die einsame Leere seines Hauses zurückzukehren. Es gab niemanden, der uns erwartete. Niemanden, der sich auf unsere Rückkehr freute. Als mir das bewusst wurde, schnürte sich mein Herz vor Kummer zusammen. So hatte ich mir mein Leben nicht vorgestellt.

# Kapitel 11

Am zweiten Weihnachtstag stand ich vor dem großen Spiegel im Schlafzimmer und begutachtete mich. Die ersten Fältchen zogen sich um meinen Mund und um meine Augen. War das etwa ein graues Haar dort am Ansatz? Grimmig zupfte ich es heraus, scheitelte meine lange, blonde Mähne und lächelte bei dem Gedanken, den Tag mit Sean zu verbringen. Alle paar Sekunden schaute ich auf die Uhr. Ich wollte hinreißend aussehen, überwältigend, unwiderstehlich. Sean war seit gestern Nachmittag aus Calgary zurück. Jessica war noch geblieben, um ihrer Familie beizustehen. Auch wenn es ein unangemessener Gedanke war, freute ich mich, dass sie nicht in der Nähe war. Und ich schämte mich für den unwillkürlich aufkommenden Wunsch, sie könnte gar nicht mehr nach Kelowna zurückkehren. Das Gespräch mit Jo an Heiligabend hatte mir Hoffnung gemacht, dass das mit Sean und mir vielleicht doch noch nicht verloren war. Ich klammerte mich an die Möglichkeit, er könnte noch Gefühle für mich haben. Jo schien sich dessen sicher zu sein.

Es klingelte an der Tür und ich fuhr ruckartig zusammen. Erst halb neun. Sean war zu früh! Ich eilte zur Tür. Noch einmal legte ich meine Haare ordentlich auf meiner Schulter zurecht, brachte Pulli und Rock in Form und öffnete freudestrahlend.

„Guten Morgen, Ellie." Tobias stand auf der Veranda, die Wangen gerötet von der eisigen Morgenluft. Er reichte mir einen Korb. „Ich dachte, du könntest vielleicht was zum Frühstücken gebrauchen."

„Vielen Dank, Tobias." Zaghaft warf ich einen Blick in den Korb. „Ich habe eigentlich noch genug Eier", sagte ich. „Aber komm doch rein."

Er marschierte in den Flur. „Na ja, die Sache ist die, auf einmal haben die Hühner beschlossen, täglich ein Dutzend Eier zu legen. Ich weiß nicht so recht wohin damit. Wahrscheinlich hätte ich nicht mit ihnen schimpfen sollen. Offenbar wollen sie mir jetzt beweisen, dass sie es besser können."

„Das kann sein." Lächelnd bat ich ihn in die Küche. Als ich mich zu ihm an den Tisch setzte, wirkte er in sich gekehrt.

„Ist irgendetwas, Tobias?"

Er seufzte laut. „Ich habe nochmal über Jo nachgedacht. Um ehrlich zu sein, war ich sehr erschrocken über seinen Zustand. Diese Melancholie, die kenne bei ihm gar nicht. Er war doch immer ein so fröhlicher Mensch."

„Margerys Tod ist gerade mal ein Jahr her. Es war sein erstes Weihnachtsfest ohne sie und ohne Sean. Er braucht einfach noch Zeit."

„Hm", er wirkte nachdenklich und strich über seinen Bart. „Ich kenne Jo gut. Er ist der beste Freund, den ich habe. Ich könnte schwören, dass ihn noch etwas anderes belastet."

Für mich gab es dafür nur eine Erklärung. „Jo hat mir gesagt, dass er nicht glaubt, dass Jessica die Richtige für Sean ist."

„Das hat er?“

Ich nickte flüchtig. „Er sagte auch, dass er Sean glücklich sehen möchte.“

„Natürlich will er das. Er ist schließlich sein Vater.“

„Väter sollten genau so sein.“ Ich lächelte schwermütig. „Leider habe ich so eine Fürsorge nie erfahren. Aber ich sehe an Sean, wie wundervoll es mit einem Vater sein kann.“

„Was ist mit deinen Eltern?“

„Mein richtiger Vater verließ uns, als ich vier war. Er hat sich nie wieder gemeldet. Wir wissen nicht, wo er ist. Meine Mutter hat wieder geheiratet, aber mein Stiefvater ist kein familiärer Typ. Er wollte nie Kinder. Ich habe mich die meiste Zeit meiner Kindheit fehl am Platz gefühlt, als hätte ich es nicht verdient, glücklich zu sein, so wie andere Kinder.“

„Das tut mir leid zu hören.“ Er schaute mich bedauernd an.

„Erlaube mir, dir stellvertretend für deinen Vater etwas zu sagen.“

Ich nickte zögerlich.

„Greif nach deinem Glück, wenn du es vor dir siehst. Halt es ganz fest und lass es dir nicht nehmen, weil du glaubst, du hättest es nicht verdient. Jeder Mensch verdient es, glücklich zu sein.“

Ich fing an zu weinen, und ich wusste nicht einmal warum. Die Fürsprache, die ich erfuhr, seit ich nach Kanada zurückgekehrt war, überwältigte mich.

„Schon gut, Kleines.“ Tobias tätschelte meine Schulter.

Rasch trocknete ich meine Tränen. „Danke.“

„Nicht dafür, Ellie.“

Die Türklingel ertönte. Für einen Augenblick hatte ich völlig vergessen, auf wen ich eigentlich gewartet hatte.

„Soso, du bekommst Besuch. Dann werde ich mich jetzt verabschieden.“

„Danke nochmals ... für die Eier. Und für den guten Rat.“

Er nickte lächelnd und ich brachte ihn zur Tür.

„Auf dass du ihn befolgst“, sagte er mit aufgesetzter Strenge. „Ich verlass mich drauf.“

Ich salutierte grinsend und öffnete die Haustür. Sean wartete perplex davor.

„Da ist ja der gute Bursche“, begrüßte Tobias ihn und klopfte ihm im Vorbeigehen auf den Rücken.

„Guten Morgen.“ Sean sah ihm verunsichert nach.

„Heute soll ein sonniger Tag werden.“ Tobias stapfte durch den Schnee zu seinem Wagen. „Kalt. Aber sonnig. Ich wünsche euch viel Spaß.“ Er winkte, bevor er ins Auto stieg.

Gemeinsam mit Sean sah ich zu, wie er davonrauschte.

Als Sean sich mir zuwandte, funkelten seine Augen erwartungsvoll. „Du siehst hübsch aus.“

„Findest du?“

Er nickte lächelnd. Ich spürte, wie meine Wangen erröteten. „Ich habe mich gefreut, als du angerufen hast. Wie war es in Calgary?“

Er zuckte die Schultern. „Irgendwie anstrengend. Wir sind ständig essen gegangen. In Jessicas Familie hat jeder entweder einen Doktortitel oder eine eigene Immobilienfirma. Da fühlt man sich als kleiner Restaurantbetreiber, Schrägstrich Weinbauer, unterlegen. Die Gespräche sind etwas ... wie soll ich es sagen ... einseitig."

„Verstehe." Ich wunderte mich, dass er ausgerechnet das erwähnte. „Und Jessicas Großmutter?"

„Ist achtundneunzig und hütet wegen einer Bronchitis das Bett."

„Sie muss Jessica sehr viel bedeuten, wenn sie ihretwegen länger in Calgary bleibt."

„Ja." Er klang irgendwie zweifelnd. Ich hakte nicht weiter nach.

„Wollen wir los?"

„Ich bin startklar."

„Hast du die Briefe?"

„Äh ... ja." Ich schnappte mir meine Tasche, in der ich, seit wir mit der Suche nach M begonnen hatten, zwei der Briefe mit mir herumtrug. Man konnte ja schließlich nie wissen, wann sich eine Gelegenheit ergab, dem Geheimnis meiner Tante auf die Spur zu kommen. Hastig klemmte ich mir Jacke, Schal und Handschuhe unter den Arm und zog die Haustür hinter mir zu.

„Hast du einen Plan?", fragte ich, als wir im Auto saßen.

„Ich habe immer einen Plan. Lass dich überraschen."

„Ich hasse Überraschungen."

Er lachte. „Seit wann?"

„Seit ... neuerdings. Ich mag es einfach nicht, unvorbereitet zu sein, das ist alles."

Sean sah mich stirnrunzelnd von der Seite an. „Das hast du dir in Deutschland angewöhnt."

„Hallo? Ich stell mich eben gerne auf die Dinge ein."

„Leg das ja wieder ab."

„Außerdem stehlen Überraschungen die Vorfreude."

Er verzog das Gesicht zu einer Grimasse.

Betreten schaute ich geradeaus, weil ich in diesem Moment erkannte, dass er recht hatte – ich war auf dem besten Weg, zu einem langweiligen Liebchen zu verkommen. Wann bitte war ich so wenig spontan geworden? Ich hoffte nur, die Metamorphose war noch aufzuhalten.

Wir bogen auf die Straße Richtung See ab. Ich war fest entschlossen, mich auf alles einzulassen, was Sean vorhatte.

„Hast du Tobias nach unserem Mr M gefragt?", wollte er wissen.

„Er ist es nicht. Definitiv."

„Wenigstens wissen wir es jetzt sicher."

Wir fuhren die Strecke ab, die ich bereits mehrere Male mit dem Fahrrad zur Stadt genommen hatte.

„Wie war Weihnachten für dich?" Sean schickte mir einen flüchtigen Blick.

„Es war schön."

„Tut mir leid, dass ich nicht da war."

Ich hatte bereits damit gerechnet, dass er sich dafür entschuldigen würde, nicht dagewesen zu sein.

„Du konntest nicht weg. Dafür hatte ich Verständnis. Und dein Dad auch."

Seans Wangenknochen spannten sich an. „So hätte es nicht sein dürfen."

„Was meinst du?"

„Unser erstes Weihnachten ohne Mum. Das hätte ich Dad nicht antun dürfen."

Ich sah ihm an, dass er mit sich rang. „Du bist bei Jessica geblieben, weil sie dich gebraucht hat. Sie ist deine Verlobte. Es war richtig, für sie da zu sein."

Er wirkte nicht überzeugt. „Aber ich hätte auch für Dad da sein sollen."

„Du kannst dich nicht in zwei Stücke teilen, Sean." Ich legte meine Hand tröstend auf seinen Oberschenkel.

Sein Blick glitt zu mir. Er ließ eine Hand vom Lenkrad sinken und bedeckte meine damit, drückte sie leicht. Sie lag warm auf meiner Haut. Seine Berührung ließ mein Herz schneller schlagen, sie hatte etwas Elektrisierendes.

Unwillkürlich dachte ich an das Gespräch, das ich mit Jo am Heiligen Abend geführt hatte. Konnte es sein, dass Sean mehr für mich empfand als tiefe Freundschaft? Verstohlen sah ich ihn an. Noch immer ruhte seine Hand warm und fest auf meiner.

Sean stoppte den Wagen vor dem kleinen Pfad, der zum *Wheaton* führte und zog die Handbremse an.

„Was hast du vor?" Unauffällig nahm ich meine Hand zurück.

„Bevor wir uns weiter auf die Suche machen, sollten wir uns ein bisschen ablenken. Seit du hier bist, hast du noch gar keinen Spaß gehabt. Und ich bin dir noch ein bisschen Weihnachtszauber schuldig, also ..."

„Glaubst du, ja?"

Sean stieg aus. Ich tat es ihm nach, beobachtete, wie er ums Auto herumging und einen Rucksack aus dem Kofferraum holte.

„Auf dieser Seite des Sees ist das Eis jetzt dick genug. Darauf warte ich schon seit Wochen." Er strahlte wie ein Kind.

Ich ahnte bereits, was mich erwartete.

Wir gingen den Weg entlang, am *Wheaton* vorbei und zum Ufer hinunter.

„Dummerweise sind dafür spezielle Schuhe notwendig. Wenn du vorhast, da raufzugehen." Mit dem Kinn deutete ich auf den zugefrorenen See.

Sean grinste verschwörerisch.

„Nicht dein Ernst!", stieß ich aus, als ich sah, wie er zwei Paar Schlittschuhe aus dem Rucksack zog.

„Neununddreißig. War doch richtig, oder?" Er hielt mir ein weißes Paar hin.

„Richtig." Verdutzt nahm ich es ihm ab. „Wo hast du die denn her?"

„Geborgt." Er setzte sich auf die Bank, die am Ufer stand, schlüpfte in seine schwarzen Schlittschuhe und verknotete die Schnürsenkel.

„Ich weiß nicht, ob ich das überhaupt noch kann." Es war Jahre her, dass ich Eislaufen gewesen war. Angestrengt kramte ich in meinem Gedächtnis. Plötzlich fiel es mir ein: Es war mit ihm! Folglich lag es mehr als ein Jahrzehnt zurück. Damals war ich jünger, fitter und wesentlich mutiger.

„Das ist wie Fahrradfahren. Das verlernt man nie", versicherte er mir.

Ich ließ mich neben ihn auf die Bank plumpsen, die zum See hin ausgerichtet war. Er musterte mich ausgiebig, als könne er nicht fassen, dass ich nicht schon auf dem Eis gewesen war. „Früher hat dir Schlittschuhlaufen Spaß gemacht."

„Das ist schon so lange her."

„Wo versteckt sich die Ellie, die ich kannte?"

Das fragte ich mich auch schon die ganze Zeit. Ich erinnerte mich daran, dass ich früher nie viel über etwas nachgedacht hatte. Ich hatte es einfach gemacht. War es mein Alter, das mich verändert hatte? Oder waren es die letzten Jahre in Deutschland, in denen ich den Erwartungen anderer nachgekommen war?

Auf der anderen Seite des Sees, schräg gegenüber von uns, spielte eine Gruppe Jugendlicher Eishockey.

„Na los", spornte Sean mich an. „Ich pass auch auf dich auf, versprochen."

Widerwillig zog ich die Schlittschuhe an und tappte vorsichtig mit den Kufen zum Rand des Sees, wo Sean bereits wartete.

„Ist es auch wirklich sicher?"

Er lächelte belustigt. „Ist es."

Sean reichte mir seine Hand, und ich ließ mich von ihm aufs Eis ziehen, das im Sonnenlicht glitzerte.

„Was, wenn wir trotzdem einbrechen?" Auf wackeligen Beinen machte ich meinen ersten Schritt allein, der mich direkt zurück in Seans Arme trieb. Er hielt mich fest, so wie er es versprochen hatte.

„Hab Vertrauen, Ellie", flüsterte er, dabei blickte er mir tief in die Augen. Mein Herz schlug schneller. Sean lächelte sanft. Sofort fühlte ich mich bestärkt. Ich löste mich von ihm, traute mich eine langsame Runde übers Eis, ohne mich dabei zu weit von ihm wegzubewegen. Überrascht stellte ich fest, dass ich mich schnell wieder sicher fühlte. Meine Schritte wurden weiter, schneller. Die Angst zu stürzen, mich zu blamieren oder einzubrechen, war wie weggeblasen.

„Na siehst du." Sean klatschte in die Hände. „Du hast es immer noch drauf."

Ich fuhr im Kreis um ihn herum, so lange, bis er mir nachkam. „Wer zuerst am anderen Ufer ist“, forderte ich ihn heraus und flitzte los. Sean eilte mir nach. Ich spürte die kalte Luft an meinen Wangen, den Wind, der mir das Haar in den Rücken wehte. Sean war mir ganz nah, er holte mich ein. Doch ich wollte mich nicht geschlagen geben. Übermütig legte ich nochmals an Tempo zu. Eine Unebenheit auf dem Eis brachte mich ins Straucheln. Ich verlor das Gleichgewicht, war im Begriff zu fallen. Blitzschnell war Sean zur Stelle. „Ich hab dich!“

Mein Herz pochte wie wild. Aber nicht vor Anstrengung, sondern seinetwegen. Ich lag in seinen Armen und wir sahen einander an. Seine Wangen waren tiefrot von der Kälte. Wie eine dampfende Wolke stieg unser Atem auf und vermischte sich dicht über unseren Köpfen miteinander.

„Ich hab doch gesagt, ich pass auf dich auf“, hauchte er. Sein Blick war intensiv und forschend. Er tastete sich von meinen Augen hinunter bis zu meinem Mund. Für einen Moment schien alles um uns herum erstarrt. Seans Arme waren fest um meine Taille geschlungen, als er mich behutsam wieder auf die Beine stellte. Wir verharrten dicht beieinander, als stünde nichts zwischen uns, weder Zeit noch Raum und auch nicht das Versprechen, das er einer anderen gegeben hatte.

Der Augenblick hätte so magisch sein können, wäre da nicht meine Vernunft gewesen, die mich daran erinnerte, dass Sean nicht mehr zu mir gehörte. Ich machte mich von ihm frei, ließ meinen Blick über die Bäume gleiten, die wir erreicht hatten und die vom *Wheaton* aus so weit entfernt schienen.

Ein Baum erregte dabei meine Aufmerksamkeit. Er stand etwas abseits von den anderen, dichter am Wasser. Sein breiter Stamm war rotbraun und gefurcht. Seine zu den Seiten scherenden Wurzeln, die zum See zeigten, luden dazu ein, sich unter ihm auszuruhen. Aus einem inneren Impuls heraus ging ich näher heran, um ihn mir genauer zu betrachten. Auf seltsame Weise fühlte ich mich zu ihm hingezogen.

„Du hast einen Mammutbaum entdeckt." Sean trat neben mich. „Ein schönes Exemplar. Der ist bestimmt einige hundert Jahre alt. Man nennt sie auch die Giganten unter den Bäumen, weil sie nicht nur älter werden als ihre Nachbarn, sondern auch größer."

„Christa hat in ihrem Brief an M einen solchen Baum erwähnt", murmelte ich. „Hältst du es für möglich, dass wir in diesem Moment vor dem Baum stehen, an dem sie sich immer miteinander getroffen haben?"

Sean schaute an dem majestätischen Nadelbaum hinauf, dann blickte er zu mir. „Ja. Gut möglich, dass er es ist. Soviel ich weiß, kommen diese Bäume am Seeufer nicht so häufig vor."

Wir blieben noch eine Weile davor stehen. Schweigend, andächtig. Ich versuchte mir meine Tante vorzustellen, wie sie im Schatten des Baumes lag, zusammen mit dem Mann, dem ihr Herz gehört hatte. Wie schlimm hatte es für sie sein müssen, stets auf den Moment zu warten, an dem sie endlich mit ihm vereint sein würde.

„Es ist so traurig, dass sie sterben musste. Dass sie und M keine Zeit mehr hatten, zusammen zu sein. Sie wurden ihrer Chance auf ein Happy End beraubt. Der Tod ist so unberechenbar, so herzlos."

„Wir werden ihn finden, Ellie", sagte Sean ernst, und ich spürte seinen intensiven Blick auf mir.

Woher wusste er nur, was in mir vorging? Sean war wie die fehlende Scherbe in meinem Mosaik. Nur er gab mir das Gefühl, vollständig zu sein.

Zaghaft schaute ich ihm ins Gesicht. Wie hatte ich ihn nur verlassen können? Ich hasste mein junges Ich für diese dämliche Aktion, denn jetzt, da ich endlich wachgeworden war, wusste ich eines mit Sicherheit: Ich würde nie einen Mann so sehr lieben wie ihn.

# Kapitel 12

Den Baum zu finden, der möglicherweise für meine Tante von besonderer Bedeutung gewesen war, hatte uns beide aufgerüttelt. Schweigend machten wir uns auf den Rückweg. Im Auto angekommen, kam mir Sean plötzlich deprimiert vor.

„Sollen wir lieber für heute aufhören?", fragte ich ihn. Nicht, weil mir danach war, sondern weil ich das Gefühl hatte, es wurde ihm zu viel.

Er legte die Hände aufs Lenkrad und seufzte tief. Ich sah, dass seine Augen glitzerten.

„Was hast du?", wollte ich wissen, denn ich bekam es mit der Angst zu tun.

„Es ist nichts."

„Sieht aber nicht wie nichts aus. Hast du ein schlechtes Gewissen wegen Jessica?"

„Das ist es nicht."

„Was dann?"

Er stierte vor sich. „Meine Mum", antwortete er zögernd. Seine Wangenknochen spannten sich sichtbar an.

„Was ist mit ihr?", hakte ich nach, nachdem er nicht weitersprach.

„Nicht der Tod ist unberechenbar, Ellie", raunte er.

Ich betrachtete ihn stirnrunzelnd.

Er starrte unentwegt vor sich. „Wir wissen alle, dass er uns irgendwann holt. Jeden von uns." Er klang so tieftraurig, dass ich unwillkürlich die Luft anhielt.

„Manchmal sind es die Menschen, die nicht achtsam mit ihrem Leben umgehen. Die es nicht wertschätzen."

„Sean?" Wovon sprach er da? Ich machte mir ernsthafte Sorgen.

„Wir haben allen erzählt, es war ein Autounfall." Er wandte sich mir zu, schaute mir ins Gesicht.

„In Wahrheit wissen wir es nicht." Seine Stimme klang schwach. „Die Polizei sagt, sie war allein auf der Landstraße unterwegs. Es war nicht glatt, kein Gegenverkehr. Alles weist darauf hin, dass sie das Auto absichtlich gegen den Baum gesteuert hat." Eine Träne rann seine Wange hinab. „Ich habe das noch niemandem erzählt. Keiner kennt die Wahrheit. Die meisten würden sie nicht verstehen. Wir haben es für uns behalten, aber jetzt … ich muss einfach mit jemandem darüber reden."

„Du kannst mir alles sagen, immer."

Er nickte dankbar. „Es ist schwer zu verstehen, wie jemand sein Leben wegwerfen kann, während andere alles für einen weiteren Tag geben würden." Er legte die Hände vors Gesicht und weinte. Tröstend zog ich ihn in meine Arme.

„Es ist nicht fair, sich so davonzustehlen", schluchzte er. „Sie hat uns einfach zurückgelassen, ohne darüber nachzudenken, wie es uns ohne sie geht. Ständig frage ich mich, warum. Warum hat sie ihr Leben beendet? Weißt du, wie schrecklich es ist, zu wissen, dass ich darauf nie eine Antwort bekommen werde?"

Mir fehlten die Worte. „Oh, Sean", flüsterte ich. „Wenn ich das nur gewusst hätte! Es tut mir so leid, dass ich nicht da war!"

„Sie war immer mal wieder depressiv. Aber zu der Zeit hatte ich den Eindruck, dass es ihr besserging. Ich konnte doch nicht ahnen, dass sie ..." Seine Stimme brach ab.

„Du konntest nichts dafür", sagte ich, „daran hat niemand Schuld." Ich strich ihm liebevoll über den Rücken. „Oh Gott, ich wünschte, ich wäre schon früher hergekommen. Irgendwie habe ich das Gefühl, ich bin für alles zu spät."

Langsam löste er sich von mir. „Du hattest dein eigenes Leben. Du hast es immer noch." Er klang wieder gefestigter. „Ich wollte dich damit nicht belasten."

„Mich nicht belasten?" Ich konnte nicht fassen, dass er so darüber dachte. „Nichts, was du mir anvertraust, könnte mich je davon abhalten, für dich da zu sein, wenn du mich brauchst. Ich dachte, das wüsstest du."

In seinem Blick lag eine innige Zuneigung, als er zu mir aufsah. Zaghaft kam er mir näher. Sanft nahm er mein Gesicht zwischen seine Hände. Mir entfuhr ein leises Seufzen, als ich seine Hand in meinem Nacken spürte.

„Ellie", hauchte er zärtlich. Kurz darauf bedeckte er meinen Mund mit seinen Lippen. Ein Feuerwerk zündete in meinem Innern. Es war, als hätte ich nie jemand anderen geküsst als ihn. Als wären wir seit jeher untrennbar miteinander verbunden.

Seans Kuss hallte noch lange in mir nach. Ich wusste nicht, wie ich mich ihm gegenüber nun verhalten sollte. Darüber, welche Bedeutung der Kuss für ihn gehabt hatte, verlor er kein Wort. Und auch ich traute mich nicht, ihn deswegen anzusprechen.

Als wir am Nachmittag unsere Suche nach dem Briefeschreiber fortsetzten, verhielt Sean sich wie immer. Ich befürchtete, unser Kuss wäre nur dem innigen Moment geschuldet gewesen, den wir miteinander geteilt hatten. War er nichts weiter als ein aus der Situation geborenes Versehen?

Ich bemühte mich, mir nicht anmerken zu lassen, wie verunsichert ich war. Im Gegensatz zu Sean fiel es mir schwer weiterzumachen, als wäre nichts zwischen uns geschehen.

Doch die Zeit drängte. Das Jahr ging unaufhaltsam auf sein Ende zu. Sofern Sean nicht einlenkte, wären meine Tage in Kanada gezählt. Außerdem wollte ich unbedingt M finden.

Den Tag über ermittelten wir im Seniorencafé. Unser anschließender Besuch in Kelownas Melderegister zeigte, wie verzweifelt wir bereits waren. Wir fahndeten nach einem Mann, dessen Vorname mit einem M begann und der ungefähr in Christas Alter war. Dabei hatten wir ziemlich schnell feststellen müssen, dass wir die Nadel im Heuhaufen suchten.

Als der Abend kam, schien das, was zwischen Sean und mir nach dem Eislaufen gewesen war, weiter an Bedeutung verloren zu haben. Wir wussten beide, dass es verboten gewesen war. Sean hatte Jessica. Ich hatte Deutschland. Dass Sean mir etwas anvertraut hatte, das er sonst niemandem sagen konnte, zeigte mir jedoch, dass die innige Verbindung, die ich zwischen uns wahrnahm, tatsächlich existierte. Ich merkte, wie meine Gedanken von der Gegenwart in die Vergangenheit schweiften. Sean und ich waren ein Traumpaar gewesen. Wenn es nach mir gegangen wäre, hätten wir das sofort wieder sein können. Unser Kuss hatte mir neue Zuversicht geschenkt. Doch Sean schwieg hartnäckig.

Es war ein komisches Gefühl, als er das Auto vor meinem Haus parkte. Die Situation ähnelte auf bizarre Weise der, bevor es zu unserem Kuss gekommen war. Keiner von uns sagte etwas. Ich hielt es nicht mehr aus und beschloss, alles auf eine Karte zu setzen. Ich musste wissen, was in ihm vorging.

„Was für ein verrückter Tag." So sehr ich mich auch angestrengt hatte, die richtigen Worte zu finden, ich schaffte nicht mehr als diese Floskel.

„Sehr verrückt." Er lächelte leicht. „Schade, dass wir heute wieder kein Glück hatten. Mr M hält sich wirklich gut versteckt." Auch das hörte sich für mich nach einer Floskel an, trotzdem nickte ich. „Kommt mir vor, als würden wir nach Batman suchen. Aber selbst Bruce Wayne konnte irgendwann entlarvt werden."

„Ein Hoffnungsschimmer."

Ich zuckte die Achseln. „So ein Bat-Zeichen am Himmel wäre jetzt nicht verkehrt. Schade, dass das hier kein Film ist."

„Angenommen, es wäre einer …", er lehnte sich zu mir, „wie würde er wohl ausgehen?" Er klang plötzlich ernst.

Einen Augenblick lang blickten wir einander in die Augen. Er sah mich an wie vorhin, als wir für einen Moment alles um uns herum vergessen hatten.

„Das käme ganz aufs Genre an."

Er lächelte vorsichtig. „In einem Horrorfilm?"

„Na ja, wahrscheinlich wäre uns das Schneemonster seit dem See auf den Fersen und würde angreifen, sobald ich aus dem Auto gestiegen bin."

„Dann bleibst du besser drin."

Ich nickte lachend.

„In einem Krimi wäre es klar." Sean verlieh seiner Stimme einen unheimlichen Klang. „Der Mörder wartet im Haus."

„Na danke, jetzt traue ich mich nicht mehr rein."

„Vielleicht will ich auch gar nicht, dass du gehst."

„Hm", überlegte ich, „vielleicht will ich das auch nicht." Hatte ich zu viel gesagt? Ich ruderte zurück und zog das Ganze ins Lustige. „Du könntest mit reinkommen und dem Mörder eins mit der Bratpfanne überhauen."

Er lächelte verschmitzt. „Ja, das sollte ich tun. Ich kann gut mit der Bratpfanne umgehen."

„Na dann." Ich öffnete die Autotür und stieg aus. Sean kam mir nach.

Ein mulmiges Gefühl machte sich in mir breit. War es Aufregung? Es war, als würde ich Sean zum allerersten Mal zu mir hineinbitten. In Wahrheit war er schon unzählige Male bei mir und ich bei ihm gewesen, auch wenn das lange her war. Irgendetwas war nun anders.

Ich schaltete das Licht ein und ging ins Wohnzimmer. Mir entfuhr ein Aufschrei, als ich die zerbrochene Urne auf dem Fußboden sah.

„Was um alles in der Welt …" Ich lief hin, kniete mich vor die Scherben und Christas Asche. Fassungslos schaute ich mich um.

„Könnte sie runtergefallen sein?“ Sean schloss die Tür hinter sich.

„Das kann ich mir nicht vorstellen. Nicht von allein.“

„Ist gut“, sagte er. „Ich sehe mich im Haus um. Du bleibst hier.“

Ich zitterte wie Espenlaub. Sollte das, was eben noch als Scherz gemeint gewesen war, nun bitterer Ernst sein? Ich ging in die Küche, wo Sean bereits nachgesehen hatte, holte das Kehrblech und fegte Christas Asche sorgfältig auf. Dann füllte ich sie in einen Schuhkarton – das Beste, was ich auf die Schnelle finden konnte. Nach einer Weile kam Sean zurück ins Wohnzimmer, in der Hand noch sein leuchtendes Handy.

„Ich habe alles abgesucht. Es ist niemand da. Allerdings hast du ein Waschbärproblem. Das Küchenfenster war gekippt. Da hat er sich wohl durchgezwängt.“ Er hielt die völlig zerfledderte Cheeriopackung hoch. „Geh nicht in die Küche. Du willst das nicht sehen.“

„Ein Waschbär?“ Ich war erleichtert und irritiert zugleich. „Sollten die nicht eigentlich Winterschlaf halten?“

„Dieser hier ist wohl vorzeitig aufgewacht und hatte Hunger.“

„Zumindest war es kein Einbrecher.“ Mit einem tierischen Eindringling konnte ich umgehen. Zu wissen, dass ein Fremder mein Haus durchwühlt hatte, hätte meinen Aufenthalt hier jedoch sofort beendet. Wie hätte ich mich da noch sicher fühlen können?

„Wir können trotzdem die Polizei anrufen, wenn du dich damit besser fühlst.“

„Nein. Ist schon gut.“ Missmutig packte ich die Scherben der Urne in einen Eimer.

Sean half mir, die Äpfel und Nüsse vom Boden aufzusammeln, die der Waschbär beim Durchstöbern der Weihnachtssocken auf dem Boden verteilt hatte.

„Er muss auf seiner Suche nach Fressbarem die Urne runtergerissen haben."

„Das darf echt nicht wahr sein." Grummelnd sank ich auf die Fersen.

„In den letzten Jahren sind die Viecher hier zur Plage geworden."

Ich stöhnte verbittert. Wie konnte man nur so viele Probleme anziehen?

„Sowas habt ihr in Frankfurt nicht, schätze ich. In der sauberen Großstadt ist alles besser." Sean schien meine miese Stimmung auf Kanada zu beziehen und damit auch auf sich.

Verlangte er etwa, dass ich darauf einging?

Ich ließ die letzte Scherbe krachend in den Eimer fallen und hielt inne. Hier ging es nicht um uns. „Was, wenn Christa gar nicht will, dass wir M finden?"

Sean schnaubte verächtlich aus. „Was? Glaubst du etwa, der Waschbär hätte in ihrem Auftrag gehandelt?"

„Nein", stellte ich klar. „Natürlich nicht, aber komisch ist es schon."

„Wenn du hier leben würdest, würdest du das nicht sagen."

„Noch eine Vorhaltung? Echt jetzt, Sean?" Ich hatte es mir nicht verkneifen können. Was sollte das auf einmal wieder?

„Tut mir leid. So hatte ich das nicht gemeint."

Für einen Moment wurde es still zwischen uns.

„Wenn es dir lieber ist, dann bleib ich heute Nacht hier", durchbrach er das Schweigen. „Ich nehme auch mit der Couch vorlieb. So langsam gewöhne ich mich an die Sprungfedern." Er sah mich besänftigend an.

Kurz dachte ich tatsächlich darüber nach, sein Angebot anzunehmen. Dann meldete sich unvermittelt mein Gewissen. Was würde zwischen uns passieren, wenn ich es ihm erlaubte? Ich wusste nicht, ob ich in der Lage war ihm zu widerstehen. Er hatte es noch immer nicht für nötig befunden, über uns zu sprechen. Was war mit Jessica? Wie sollte es weitergehen? Ich wollte auf keinen Fall in einer ewigen Warteschleife enden. Jenes Dasein hatte schon meiner Tante sämtliche Möglichkeiten genommen.

„Das wäre nicht richtig." Diese Worte brachte ich nur schwer heraus. „Was würde Jessica wohl davon halten? Ich nehme an, sie weiß nicht, dass du während des Schneesturms auch hier warst?"

Verlegen fasste er sich an den Hinterkopf. Mir reichte das als Antwort. Ich stemmte mich hoch und verschränkte die Arme vor der Brust.

„Sean, ich will ehrlich zu dir sein. Ich werde einfach nicht schlau aus dir. Normalerweise weiß ich, was ein Mann von mir erwartet, was er von mir will. Aber du bist für mich ein absolutes Rätsel – jedenfalls seitdem ich wieder hier bin." Ich schaute weg. „Es ist natürlich möglich, dass ich mich irre", fuhr ich leise fort. „Bitte sag mir, wenn ich falsch liege, aber ..." Ich blickte ihm ohne Umschweife in die Augen. „Da ist doch etwas zwischen uns, oder nicht?"

Er sah mich an. Langsam nickte er.

„Du bist verlobt, Sean. Dein Hochzeitstermin steht fest, alles ist schon geplant. Ich denke, das vergisst du, wenn wir zusammen sind. Oder du verdrängst es. Das spielt keine Rolle, wenn du mich fragst.“

Er sagte nichts.

„Was bin ich für dich? Das möchte ich wirklich wissen, denn wenn ich nur ein Stück altes Leben für dich bedeute, in das du noch ein letztes Mal schlüpfen willst, bevor du heiratest, dann wäre das verdammt mies. Und ich sage dir, so wahr ich hier vor dir stehe: Das habe ich nicht verdient.“

„Nein, das hast du nicht.“ In seiner Stimme schwang Schwermut mit. Hatte er etwa gerade zugegeben, unaufrichtig gewesen zu sein? Ich fühlte mich verletzt, denn ich hatte gehofft, mit den Dingen falschzuliegen, die ich ihm an den Kopf geworfen hatte.

„Es ist wohl besser, wenn du jetzt gehst“, sagte ich schweren Herzens. Ich hatte keine Lust, nur ein Zeitvertreib zu sein – etwas für den Moment.

Sean rührte sich nicht. „Was ist mit den Briefen?“

Ich dachte daran, welch großes Geheimnis Christa aus M gemacht hatte, daran, was Bill von dem Mann hielt, für den sie ihr Glück geopfert hatte. Mein suchender Blick blieb an dem Schuhkarton auf dem Couchtisch hängen, in dem jetzt Christas Überreste waren, und ich schüttelte energisch den Kopf.

„Ich gebe auf. Es ist doch offensichtlich: Er will nicht gefunden werden. Wahrscheinlich hat er immer noch Angst, seine Frau könnte erfahren, dass er sie jahrzehntelang betrogen hat. Dieser Mann stand im Leben nicht zu Christa. Warum sollte er es jetzt tun, wo sie nicht mehr da ist?“

Sean setzte an, etwas zu sagen, aber ich hielt eine Hand hoch. „Gute Nacht, Sean." Ich führte ihn hinaus, riss die Tür auf und schickte ihn weg.

„Gute Nacht, Ellie", raunte er und suchte noch einmal meinen Blick. Ich wich ihm aus und schloss die Tür hinter ihm. Aufgelöst lehnte ich mich anschließend dagegen. Warum hatte er sich nicht gegen meine Anschuldigungen gewehrt? Er hatte nicht einmal versucht, etwas zu erklären. Ich war bitterlich enttäuscht. Sean würde Jessica nicht verlassen. Er würde sie heiraten und nicht mich und unsere Liebe vergessen. Ich konnte das nicht länger durchstehen. Mir wurde alles zu viel.

Gegen die Tür gelehnt, sackte ich in mich zusammen, zog die Knie eng an den Körper und trauerte: um Christa, ihr Leben, das hinter all dem Glanz so tragisch gewesen war, und um meine verlorene Jugend. Ich weinte, weil ich dieses Land nicht mehr verlassen wollte, aber keine andere Wahl hatte als zu gehen. Und weil es keinen Grund mehr für mich gab jemals wiederzukommen.

# Kapitel 13

Das Chaos des Waschbärüberfalls zu beseitigen, hatte mich mehrere Stunden gekostet. Das Tier hatte sich nicht nur munter durch meine Vorräte, sondern auch durch die Sachen gewühlt, die ich mit nach Deutschland nehmen wollte. Kartons waren zerrissen und vier Tassen von Christas gutem Geschirr hatten den Angriff nicht überlebt. Auch zwei Tage danach fragte ich mich immer noch, warum der Waschbär ausgerechnet bei mir aufgekreuzt war.

Mit Chips, Wein und Büchern hatte ich mich im Haus verbarrikadiert. Ich blieb in meinem pinkfarbenen Hausanzug, scherte mich weder um meine Haare noch um den Haushalt. Stattdessen gönnte ich mir diese Zeit, in der ich ganz im Selbstmitleid versank. Ich hörte lautstark Musik und war überrascht darüber, wie viel Christas alte Anlage hergab. Es hatte etwas Gutes, auf einer Ranch zu sein, von der die Nachbarn kilometerweit entfernt waren. Man war ganz für sich, konnte sich richtig austoben, ohne dass es auch nur irgendjemanden interessierte. Hauptsächlich tönten Liebesschnulzen aus den Lautsprechern. Sie schadeten meinem gebrochenen Herzen zusätzlich – klarer Fall von Masochismus.

Als das Telefon klingelte, hörte ich es nur durch Zufall.

„Ja?", meldete ich mich, ohne zu merken, dass ich regelrecht in den Hörer geschrien hatte. Ich stellte die Musik leiser und erkundigte mich nochmals nach dem Anrufer. „Wer ist denn da?"

„Hier ist Tobias. Ist alles bei dir in Ordnung? Ich habe schon mehrmals versucht dich anzurufen."

„Es ist alles in bester Ordnung, Tobias", versicherte ich, während ich die leeren Flaschen und Chipstüten vom Boden aufklaubte.

„Bist du sicher? Irgendwie hörst du dich nicht so gut an."

„Ich bin sicher. Mach dir keine Sorgen."

„Gut. Ich dachte schon, du hättest es dir anders überlegt und würdest doch lieber darauf verzichten, mit einem alten Tattergreis wie mir auf Jo Wheatons Geburtstagsparty zu gehen."

„Ist das heute?" Mist, das hatte ich total vergessen.

„Heute ist doch der siebenundzwanzigste, oder?", erkundigte er sich. „Manchmal bringe ich etwas durcheinander."

Der Kalender, der in der Küche neben dem Kühlschrank hing, sprang mir förmlich ins Auge. Genau wie Jos Name, den ich mit rotem Edding für den heutigen Tag eingetragen hatte.

„Wenn du es dir anders überlegt hast, ist das kein Problem."

„Nein, nein. Hab ich nicht. Ich bin ehrlich gesagt heilfroh, dass ich nicht allein da aufkreuzen muss."

„Schön", sagte er erheitert. „Dann hole ich dich um sechs ab."

„Ich werde fertig sein."

Er legte auf. Im Grunde war ich nicht bereit, Sean zu begegnen. Ich warf einen Blick auf meine gepackten Koffer, die ich bereits die Treppe hinuntergetragen hatte, und seufzte laut. Wäre es nicht Jos Geburtstag, würde ich auch meine letzten beiden Abende allein auf der Ranch verbringen. Doch hier ging es nicht um mich. Jo war während meiner Zeit in Kanada wie ein Vater für mich gewesen. Ich konnte ihm den Wunsch nicht ausschlagen und nicht zu seiner Party kommen, nur weil ich seinem Sohn nicht unter die Augen treten wollte. Mich davonzustehlen war keine Option, also machte ich mich für einen Abend fertig, bei dem bereits vorprogrammiert war, dass ich mich schlecht fühlen würde. In puncto Selbstverletzung hatte ich bereits das nächste Level erreicht.

Als Tobias mich abholte, hatte ich zuvor stundenlang damit zugebracht, das Beste aus mir herauszuholen. Wenn ich schon für eine jüngere, perfektere Version von mir selbst das Feld räumen musste, dann wenigstens mit Pauken und Trompeten. Sean sollte sehen, was ihm entging. Ich hatte mich für ein langärmeliges, dunkelblaues Kleid entschieden, dazu hautfarbene Strumpfhosen und meine schwarzen, halbhohen Stiefel. Das Haar fiel mir offen über die Schulter.

„Ich bin sicher, du wirst ihm sehr gefallen." Tobias lächelte aufheiternd.

„Ihm?" Ich sah ihn mit großen Augen an.

„Ich mag alt sein, aber ich bin nicht dumm, Ellie. Du bist verliebt in Sean. Das merkt man dir an."

Mist, er konnte Gedanken lesen!

„Warum sagst du es ihm nicht einfach?"

„Das kann ich nicht. Er wird bald heiraten."

„Ich weiß."

„Ich will ihn nicht unter Druck setzen. Und mich nicht erniedrigen, falls er ..."

„... nicht genauso fühlt wie du?"

Ich nickte beklommen.

„Da kannst du ganz unbesorgt sein. Sean liebt dich auch, ich habe es in seinen Augen gesehen. Es ist die Art und Weise, wie er dich ansieht. Hach, ich erinnere mich noch genau daran, was ich gedacht habe, als ich meine Clara so angesehen habe."

„Was hast du gedacht?"

„Dass es auf der ganzen Welt keine Frau gibt, die schöner ist als sie und dass ich nie eine andere lieben könnte. Wir waren zweiundvierzig wundervolle Jahre verheiratet."

Ich war so vertieft in seine Erzählung, dass ich gar nicht merkte, dass wir am *Wheaton* angekommen waren. Tobias parkte den Wagen am Straßenrand. Vor Nervosität schwitzte ich, obwohl mir kalt war. Vom Weg aus sahen wir bereits das hellbeleuchtete Restaurant. Lichterketten waren um die Säulen der Veranda gewickelt und bunte Lampions waren am Vordach angebracht.

„Geh nur schon voraus", bat ich Tobias, auf der Veranda stehend. „Ich brauch noch einen Moment."

Tobias kam zu mir und senkte die Stimme. „Ich weiß nicht, warum du und Sean nicht schon längst erkannt habt, was für alle so offensichtlich ist", raunte er und schaute auf die glitzernde Oberfläche des Sees hinaus. „Aber eins weiß ich: Wenn du zurückfliegst, ohne Sean gesagt zu haben, was du für ihn fühlst, wirst du das für immer bereuen."

Ich nickte leicht. „Das hier – heute – ist nicht der richtige Zeitpunkt dafür."

„Nein, ist es nicht. Andererseits ... wann ist der richtige Zeitpunkt?" Er ging hinein.

Ich blieb noch eine Weile draußen stehen, blickte auf den vereisten See hinauf zum klaren Sternenzelt. Merkwürdige Gedanken schossen mir durch den Kopf. Was wäre gewesen, wenn Christa sich damals nicht so zurückgehalten hätte, wenn sie ehrlich gewesen wäre? Hatte sie M je gesagt, dass sie nur auf ihn wartete, dass sie niemanden außer ihn in ihr Leben ließ? Ich hatte die Briefe von M mehrmals gelesen, um herausfinden, was ihn angetrieben hatte nicht aufzugeben. In seinen Worten steckte so viel Gefühl. Ich konnte mir nicht vorstellen, dass er gewollt hatte, dass Christa litt, dass sie sich für ihn aufsparte. Eigentlich hatte ich nach dem Streit mit Sean vorgehabt, nicht mehr nach dem Briefeschreiber zu suchen. Ich hatte mit den Geistern der Vergangenheit Frieden schließen wollen. Aber was ich auch tat, alles erinnerte mich an Christas schicksalhafte Liebe.

Eine Sternschnuppe sauste mit hellem Schweif über den Horizont. Ich schlang mir meinen Schal enger um den Hals, nahm einen tiefen Atemzug und ging hinein. Drinnen war es gut gefüllt. Freunde und Bekannte von Jo waren gekommen, um mit ihm seinen Ehrentag zu feiern. Die Tische waren hufeisenförmig aneinandergestellt. Ich verschaffte mir einen kurzen Überblick und stellte mich zu Tobias an die Bar. Von dort aus schaute ich mich genauer unter den Gästen um. Viele aus der Stadt waren gekommen, einige kannte ich, andere nicht.

„Ich sehe Bill nirgendwo.“

„Den wirst du hier auch nicht sehen“, erwiderte Tobias.

„Warum?“

Tobias schaute mich verdutzt an. „Du weißt es nicht? Bill und Jo haben sich vor Jahren zerstritten.“

„Wirklich?“

„Oh ja.“

„Aber sie waren früher beste Freunde.“ Ich konnte es nicht glauben. „Was ist passiert?“

Er zuckte die Schultern. „Man munkelt irgendwas Persönliches. Aber das weiß wohl keiner so genau.“

„Ein Jammer, eine solche Freundschaft wegzuwerfen. Da muss man doch was machen können.“

„Du sagst es. Leider sind die beiden dafür viel zu große Sturköpfe. Ich wüsste nicht, wer von beiden der Schlimmere ist.“

Eine Weile starrte ich vor mich hin und überlegte, was die beiden so wütend aufeinander gemacht haben konnte. Sowohl Jo als auch Bill kannte ich als geduldige, friedliebende Männer. Ihren Streit konnte ich mir nicht erklären.

Nachdem ich meinen Blick über die Menge hatte schweifen lassen, blieb er ausgerechnet an der Person hängen, die ich am allerwenigsten sehen wollte. Jessica trug einen hautengen grauen Hosenanzug. Sie war umringt von einer Traube junger Frauen, die ebenso adrett aussahen wie sie. Ich wollte mich abwenden, aber dummerweise hatte sie mich längst ins Visier genommen. Sie reckte eine Hand in die Höhe und winkte hektisch.

Ich schnappte mir ein Glas Wein von einem der Tabletts, die herumgereicht wurden, und leerte es, bevor Jessica mich erreicht hatte.

„Ellie!", quietschte sie und breitete die Arme aus, als wären wir beste Freundinnen. „Wie schön, dass du es einrichten konntest."

„Finde ich auch", stammelte ich, mich fragend, wann wir zum Du übergegangen waren. Ich schnappte mir ein neues Glas und schlürfte meinen Wein. „Weißt du, wo Jo ist? Ich hatte noch gar keine Gelegenheit, ihm zu gratulieren."

„Oh, er ist da hinten." Sie deutete mit ihren fein manikürten Nägeln in die Ecke, in der die Jukebox stand. „Er wird von den Damen des Schachclubs belagert und scheint es zu genießen. Er ist sicher gleich ansprechbar. Das heißt, wenn sie ihn gehen lassen." Sie kicherte laut. „Ist der für Jo?"

Ich klammerte mich an den Präsentkorb, den ich für ihn mitgebracht hatte, als könne er mich vor neugierigen Blicken schützen. „Ähm ... ja."

„Der ist ja niedlich."

„Stacey hat ihn mir in Harrys Laden zusammengestellt."

„Allerliebst." Sie kniff die Augen zusammen, als fände sie das Geschenk unangemessen. „In dem Laden weiß man nicht, wie lange die Sachen da schon rumstehen", belehrte sie mich und zog die Nase kraus. „Also ich wär da vorsichtig."

Nun hatte sich mein Hass endgültig auf sie verlagert. Verbissen kämpfte ich gegen das Bedürfnis an, sie mit der Edelsalami aus dem Präsentkorb zu erschlagen. Als Waffe machte sich die Dauerwurst bestimmt gut.

„Hast du schon vom Buffet probiert?“

„Noch nicht“, knurrte ich.

„Der Kartoffelauflauf sieht ganz köstlich aus“, meldete Tobias sich zu Wort, der zuvor nur zugehört hatte. „Entschuldigt meine Damen, aber ich denke, ich werde mir eine Portion genehmigen.“ Er ließ uns stehen und steuerte das reichhaltige Buffet an.

Perplex schaute Jessica ihm nach. „Mir persönlich ist es ja zu einseitig.“ Mit einem gequälten Lächeln wandte sie sich erneut mir zu. „Ich esse ja schon seit den Neunzigern keine Kohlenhydrate mehr.“

„Ah“, grummelte ich taktvoll. „Ein Hoch auf den Salat.“

Sie nahm meine Aussage mit Humor. Laut lachend hielt sie sich den Bauch. „Du bist so witzig, Ellie. Sean hat nicht übertrieben.“

Ich nickte gekränkt. Er hielt mich also für witzig. Fein.

„Seani-Boni“, rief Jessica im nächsten Moment in einem nervigen Singsang eben diesen. „Sieh doch, wer da ist. Nimm ihr doch mal den Korb ab und stell ihn auf den Geschenketisch, ja, Hasi?“

Ich übergab ihm den Korb. Verstohlen sah er mich an. Ich brachte es nicht über mich, etwas zu sagen. Sean schwieg ebenfalls und befolgte Jessicas Anweisung.

„Da bist du ja, Ellie.“ Jo hatte es endlich geschafft, sich von den Damen des Schachclubs zu lösen. Er drückte mich an sich.

„Alles Gute zum Geburtstag, Jo.“

„Ich freue mich, dass du hier bist.“ Er strahlte übers Gesicht. „Hast du genug zu trinken?“

Ich wollte gerade auf das Glas in meiner Hand hinweisen, da rief er schon nach Sean. „Lass Ellie nicht auf dem Trockenen. Hol ihr ein neues Glas."

Jo war so mit der Koordination seiner Gäste beschäftigt, dass er gar nicht merkte, dass ich schon versorgt war. Sean folgte blind seinem Befehl und reichte mir ein Glas Wein.

„Es ist ein Riesling. Der erste *Wheaton*."

„Ach so." Ich betrachtete den blassgelben Wein in meinem Glas, während Sean mich gespannt dabei beobachtete.

„Du hast nicht gesagt, dass ihr schon einen eigenen Wein produziert."

„Es sind auch nur ein paar Flaschen geworden", antwortete Sean. „Sie sollten eine Überraschung sein."

„Ich hasse Überraschungen", raunte ich.

„Tust du nicht." Sean sah mich wieder mit diesem intensiven Blick an, der auch Jessica aufzufallen schien. Skeptisch schaute sie zwischen uns hin und her.

„Gerade wollte ich Ellie erzählen, dass es einen weiteren Interessenten für die Ranch gibt", unterbrach sie uns und schmiegte sich an Sean. „Sein Angebot übertrifft unsere Erwartungen."

„Tatsächlich?" Ich zwang mich ruhig zu klingen.

Jessica kam mir nahe, hakte sich bei mir ein, und zog mich einige Schritte durch den Raum. „Anscheinend will er Pollard Creek unbedingt. Er hat alle anderen Bieter überboten."

„Ist er von hier?"

Sie zuckte die Schultern. „Auf jeden Fall ist es jemand, der die Ranch in ihrer ursprünglichen Form erhalten will. Das ist doch das, was du wolltest."

„Das ist wunderbar, Jessica. Danke."

Sie lächelte zufrieden. „Oh, da ist Megan. Entschuldige mich bitte, Ellie."

Ich nickte ab. Jessica verschwand in der Menge. Unsicher schaute ich mich nach Leuten um, die ich kannte. Tobias saß unweit des Buffets, vertieft in ein Gespräch mit einer älteren Dame. Sean war damit beschäftigt, hinter der Bar Getränke auszugeben. Als er merkte, dass ich ihn ansah, hielt er inne. Schnell wandte ich den Blick ab, trank meine Gläser in einem Zug leer, stellte sie auf die Theke, und steuerte die Tür an. Ich brauchte dringend frische Luft. Auf dem Weg hinaus stieß ich mit jemandem zusammen.

„Verzeihung", sagte ich. „Ich hab Sie nicht …", der Rest erübrigte sich.

„Da ist sie ja." Stacey Sanderson schien ganz aus dem Häuschen.

„So sieht man sich wieder", sagte ich.

Sie kaute ihren Kaugummi mit offenem Mund. „Ich find's echt cool." Ihr Haar war hochtoupiert, der lilafarbene Lidschatten über ihrem linken Auge sah aus, als hätte ihr jemand ein Veilchen verpasst. „Dachte, du wärst schon wieder in der Heimat."

„Heimat? Nein. Noch nicht."

„Das sehe ich." Sie lächelte breit.

„Ist dein Vater auch hier?"

„Oh nein. Der ist nich so der Partygänger. Ich bin mit meinem Freund hier." Sie reckte den Hals. „Sam!", rief sie quer durchs Restaurant. „Komm doch mal her. Ich will dir jemanden vorstellen."

Ein langhaariger Mann mit geflochtenem Ziegenbart kam angetrabt und umschlang sie von hinten. In einer Hand hielt er eine Bierflasche.

„Das hier ist Ellie. Ellie Fischer.“

Er legte seinen Kopf auf ihrer Schulter ab und hielt mir seine Hand hin. „Fischer? Bist du etwa Christas Nichte?“

Ich nickte und schüttelte ihm die Hand. „Die bin ich.“

„Wow. Ich hab echt schon viel von dir gehört.“

„Ach ja?“

„Auf jeden Fall. Deine Ranch ist krass, cool.“

Er nahm einen Schluck aus seiner Flasche.

„Noch, ja. Ich werde sie wohl bald verkaufen.“

„Im Ernst?“ Sam sah mich an, ohne auch nur ein einziges Mal zu blinzeln. Es war unheimlich.

„Wie lange wirst du noch hier sein, auf deiner Ranch?“

„Nur noch zwei Tage.“

Er nickte, ohne den starren Blick von mir zu nehmen. Wieder nahm er einen großen Schluck Bier.

„Komm jetzt, Sam, wir holen uns was zu essen.“ Stacey nahm ihn an der Hand. „Wir sehen uns noch, Ellie.“

Sie mischten sich unter die Leute. Ich setzte meinen Weg Richtung Ausgang fort. Draußen blies mir ein eisiger Wind entgegen. Ich ging ums Haus und hielt nach einem ruhigen Plätzchen Ausschau, an dem ich für mich war. Die hölzerne Veranda verlief rundherum. Ich ging bis zur Hintertür. Der Abend hatte bitterkalte Temperaturen mit sich gebracht. Laut Wetterbericht erwartete das Tal wieder Schnee. Blizzards waren dabei nicht ausgeschlossen. Es wurde wirklich Zeit, dass ich zurück nach Frankfurt kam. Ich wollte nicht zusehen, wie Sean sich auf die Hochzeit mit einer anderen vorbereitete. Kanada hatte seinen Zauber für mich verloren, was mir fehlte, war ein rechtmäßiger Platz, den ich nach Christas Tod und Seans Verlobung eingebüßt hatte. Mir fehlte der Rat meiner Tante. Sie hätte sicher gewusst, wie ich mich am besten verhalten sollte. Sollte ich fortgehen oder bleiben?

Ich musste lächeln, weil ich zu wissen glaubte, was sie mir sagen würde. Es war, als hörte ich ihre Stimme in meinen Gedanken: *Suche danach, was dich glücklich macht. Tu das, was deine Seele strahlen lässt.*

# Kapitel 14

Seufzend kuschelte ich mich in meine Jacke, zog mir die Mütze tief ins Gesicht und stützte die Ellenbogen auf die Verandabegrenzung.

„Ganz schön viel los."

Ich fuhr erschrocken zusammen. Sean trat neben mich und lehnte sich gegen einen der Verandapfosten. Ich wusste nicht, wie ich mit ihm umgehen sollte. War ich noch wütend auf ihn? War ich es jemals gewesen? Ich war mir bei nichts mehr sicher. Mein Kopf war völlig leer. Ratlos betrachtete ich ihn von der Seite.

„Du bist aber nicht meinetwegen hier draußen, oder?"

Sein Blick war in die Ferne gerichtet. Dort, wo sich die schneebedeckten Wipfel der hohen Fichten im Wind bogen.

„Aber nein", antwortete ich zurückhaltend. „Es ist nur sehr überfüllt und etwas stickig drinnen."

„Ja, ich hatte auch schon den Eindruck, dass der Sauerstoff langsam knapp wird."

„Hast du diese Leute alle eingeladen?"

Er zuckte die Schultern. „Na ja, Dad hat mir eine Liste gegeben, wer es ihm übelnehmen würde, wenn wir ihn nicht einlüden. Ein paar Namen hat er mit rotem Textmarker markiert."

„Ist nicht wahr."

Sean lachte. „Er wollte alles richtig machen. Und in vierzig Jahren Restaurantführung haben sich so einige Stammgäste angesammelt."

„Es ist ja fast so, als würde dein Vater meinen, dass es seine letzte Geburtstagsfeier ist."

„Dad hat schon immer gern gefeiert. Auch wenn er es nie zugeben würde."

„Es ist klasse, dass du das alles für ihn machst. Das ist es wirklich."

„Ich verdanke ihm eine Menge. Schätze, da gibt man gern mal etwas zurück."

Ich nickte. Die beiden waren wirklich ein außerordentlich gutes Vater-Sohn-Gespann.

„Jessica scheint ja sehr angetan von dem neuen Bieter für die Ranch zu sein." Er kam direkt neben mich, sodass sich unsere Schultern berührten.

Als ich auf Abstand zu ihm ging, spürte ich seinen durchdringenden Blick auf mir. Es war mir unangenehm, und ich wünschte mir, er würde endlich damit aufhören, mich so anzusehen.

„Bist du dir immer noch sicher, dass du die Ranch verkaufen willst?"

„Sean, was soll ich denn hier? Ich auf dieser riesigen Farm, wo doch schon das Haus viel zu groß für mich allein ist. Ich bin nicht wie Christa. Diese Stille, dieses Alleinsein … das ist nichts für mich."

„Du reist ab." Es war keine Frage, sondern eine Feststellung.

„Mein Flieger geht übermorgen."

Er betrachtete mich genau. „Dann erlebst du den Jahreswechsel hier nicht mehr."

„Ich war schon viel zu lange hier, Sean."

„Du hast mit M abgeschlossen?“

„Mittlerweile denke ich, dass ich da zu viel hineininterpretiert habe. Vielleicht will er nicht gefunden werden. Oder aber meine Mutter hat recht, und die Beziehung der beiden war nicht der Rede wert.“

„Ist das etwa dein Ernst?“

„Keine Ahnung. Möglich wär’s.“

„Was, wenn M glaubt, es wäre zu spät, um etwas wiedergutzumachen?“

„Es ist zu spät, Sean. Christa ist tot!“

Er sah mich bittend an. Plötzlich war ich mir nicht mehr sicher, von wem er eigentlich redete.

„Was, wenn M insgeheim trotzdem noch auf eine Chance wartet, die Dinge klarzustellen? Vielleicht fehlte ihm zuvor einfach nur der Mut.“

Für einen Moment sahen wir einander in die Augen, als wären wir die einzigen Menschen weit und breit. Die Musik, das Gelächter, das zu uns nach draußen drang – alles trat in den Hintergrund.

„Manche Dinge kann man nicht mehr geraderücken, Sean. Nicht, wenn inzwischen so viel Zeit vergangen ist. Was nützt es noch, wenn einer von beiden nicht mehr verfügbar ist? Christa lebt nicht mehr. Und ich denke, dass M das auch weiß.“

„Das kannst du nicht wissen, Ellie. Was, wenn er auf ein Zeichen wartet, auf jemanden, der ihm die Gewissheit gibt, dass es die wahre Liebe war.“ Er holte Luft, bevor er weitersprach: „Und dass er noch Grund hat zu hoffen.“

„Über wen sprechen wir hier eigentlich?“

Er drehte sich weg. Offenbar hatte ich ihn überführt.

„Wir waren damals noch Kinder“, begann ich erneut herunterzuleiern, was ich mir selbst ständig sagte. „Wir hatten eine wundervolle Zeit. Du warst meine erste große Liebe, und ich werde dich immer in meinem Herzen tragen, solange ich lebe. Aber jetzt müssen wir weitergehen. Du wirst bald heiraten. Jessica und du ihr seid das Traumpaar schlechthin. Du wirst mich vergessen. Irgendwann wird es für dich sein, als hätte es mich nie gegeben.“ Ich stieß mich vom Geländer ab und wandte mich abrupt um.

Sean hielt mich am Arm zurück. „Das denkst du doch nicht wirklich.“ Er zwang mich ihn anzusehen. Ich wich seinem Blick aus. Was sollte ich ihm noch sagen? Hätte die Wahrheit irgendetwas an der Tatsache geändert, dass drinnen seine wunderschöne junge Verlobte auf ihn wartete? Würde er sie verlassen, wenn ich ihm gestehen würde, dass ich nie aufgehört hatte, ihn zu lieben? Allein der Gedanke daran, wie seine Antwort ausfallen könnte, ließ mich innerlich zusammenbrechen. Ich wollte nicht wissen, dass er Jessica niemals aufgeben würde, wollte mich nicht erniedrigen, indem ich ihm meine Gefühle offenbarte.

„Ich muss zurück“, hauchte ich. „Und wenn es nach meiner Mutter geht, besser heute als morgen.“ Ich versuchte mich aus seinem Griff zu befreien, doch er hielt mich mit sanftem Druck fest.

„Du gehst aber nicht ihretwegen zurück.“

„Nein. Es ist ... ich habe das Gefühl, unerwünscht zu sein. Wer ist schon gerne das fünfte Rad am Wagen?“

Seufzend ließ er von mir ab. Ich war frei, aber ich ergriff nicht die Flucht. Stattdessen verstaute ich meine Hände in meinen Jackentaschen.

„Ellie, wenn ich dir dieses Gefühl gebe, dann bitte ich dich um Verzeihung. Das hatte ich nicht gewollt."

Ich nickte, auch wenn ich nicht verstand, was diese Entschuldigung sollte.

„Dich zu sehen, Zeit mit dir zu verbringen", er atmete hörbar aus, „ich fühlte mich in die Vergangenheit zurückversetzt, und das war schön. Es war wie früher, als wir noch ..."

„Ich weiß, was du meinst. Das ging nicht nur dir so."

Er wirkte erleichtert.

„Aber das sind nicht wir. Nicht mehr."

Sean sah mich durch seine wunderschönen Augen bedrückt an, und mein Herz wurde schwer vor Traurigkeit.

Das prägnante Geklapper hoher Absätze auf dem Holzboden ließ uns wissen, dass wir nicht länger allein waren. Blitzartig gingen wir auf Abstand zueinander.

„Sean! Ellie! Was macht ihr denn hier Schönes?" Jessica näherte sich uns, legte einen Arm um Sean und lehnte den Kopf an seine Schulter. „Ich habe dich schon überall gesucht, Seani-Boni", sagte sie, während Seans und mein Blick immer noch ineinander gefangen waren.

„Ist etwas passiert?"

„Aber nein", antwortete ich. „Ich habe Sean nur gerade gesagt, dass es wieder schneien wird."

„Oh ja, das habe ich im Radio auch gehört", tönte sie. „Ist doch kein Drama, Liebling. Du magst doch Schnee. Hast du sie eigentlich schon gefragt?"

„Was?", stotterte Sean, als hätte er überhaupt nicht zugehört.

„Na ob sie zu unserer Hochzeit kommt!" Jessicas Gesicht war zu einer freudigen Grimasse verzogen. „Na, offensichtlich nicht." Sie stöckelte zu mir, nahm meine Hände in ihre und drückte sie leicht. „Eigentlich hätte er schon längst fragen sollen. Sean", sie schaute sich tadelnd nach ihm um, „wie unhöflich von dir!"

Ich stand da wie ein Eisklumpen.

„Eine meiner Brautjungfern ist krank", trällerte sie. „Burnout oder sowas. Auf jeden Fall fühlt sie sich gerade nicht in der Lage für eine Hochzeitsfeier. Da Sean immer so viel Positives von dir erzählt, kommt es mir vor, als würde ich dich schon ewig kennen. Deshalb musst du unbedingt Ja sagen."

„Und wozu?" Ich ahnte es bereits, trotzdem wollte ich Gewissheit.

„Werde meine Brautjungfer!"

Ich schluckte entsetzt.

„Du brauchst auch kein Kleid zu kaufen. Meine Freundin und du, ihr müsstet ungefähr dieselbe Größe haben. Es ist eisblau und wird dir hervorragend stehen." Sie redete ohne Luft zu holen, sodass ich kaum eine Möglichkeit sah zu widersprechen.

„Das ist sehr nett, Jessica", ruckhaft löste ich meine Finger aus ihren, „und ich weiß das wirklich zu schätzen, aber ... für mich ist es an der Zeit, nach Hause zu fliegen."

Sean fixierte mich stumm.

„Schon?" Überrascht schaute sie abwechselnd zu mir und Sean.

„Ja, ich habe euch viel zu lange mit Beschlag belegt. Zu Hause wartet mein Job auf mich. Ich möchte, dass du den Verkauf der Ranch ohne mich abwickelst. Im Grunde brauchst du mich doch nicht dafür."

Verwundert suchte sie Seans Blick. „Aber ja. Ja, das mache ich, wenn du das wünschst."

„Ich denke, es würde mich nur zusätzlich aufhalten, und ich sollte langsam zurück, bevor mein Chef Ärger macht, und … meine Mutter wird mir wahrscheinlich niemals verzeihen, dass ich ihr Weihnachten versaut habe. Silvester sollte ich wirklich bei ihr sein."

„Hier steckt ihr also." Jos Stimme drang über die Veranda zu uns. „Und? Amüsiert ihr euch gut?"

„Sehr sogar", stammelte ich. „Eine großartige Fete, Jo." Obwohl ich mich bemüht hatte fröhlich zu klingen, war mein Mangel an Enthusiasmus nicht zu überhören.

Jo blickte zwischen seinem Sohn und Jessica hin und her. Diese hatte ihren Arm wieder um ihren Verlobten gelegt. Damit wollte sie wohl demonstrieren, wie glücklich sie als Paar waren. Mir drehte sich der Magen um.

„Okay …" Jo sog scharf Luft ein.

„Ellie hat uns gerade gesagt, dass sie bald abreist", erklärte Jessica übertrieben bedauernd.

„Ist das wahr?" Jo konnte es nicht fassen.

„Ich fürchte ja."

„Nun, das ist ausgesprochen schade." Jos Blick wanderte zu seinem Sohn. Dieser schaute mich unentwegt an.

„Es ist nicht zu ändern", sagte ich kühl. „Ich werd dann mal wieder reingehen. Hier draußen ist es mir zu eisig." Ich drehte mich um und ließ die drei stehen.

„Probier unbedingt die Tofurolle", rief Jessica mir hinterher. Ich war versucht, ihr den Mittelfinger zu zeigen, stattdessen winkte ich nur ab. Diese einfältige Kuh, dachte ich, als ich die Tür zum *Wheaton* aufstieß und mich an einem Pärchen vorbeimogelte, das mitten im Gang stand. Warum hatte ich ausgerechnet sie mit dem Verkauf der Ranch beauftragt? Natürlich, das hatte ich Sean zu verdanken, genau wie mein mulmiges Gefühl, seit ich einen Fuß auf diese Party gesetzt hatte. Ich schnappte mir ein Glas von einem Tablett und schüttete den Wein in mich hinein, als sei er Wasser. Dann hielt ich nach Tobias Ausschau, um ihm zu sagen, dass ich genug von der Feier hatte. Endlich machte ich ihn an der Theke aus, wo er immer noch mit derselben älteren Dame sprach. Ich tippte ihn an.

Er wandte sich mir zu. „Ellie! Amüsierst du dich gut?"

„Nicht besonders."

„So ein Jammer. Ich habe gerade Mrs Avery hier von dem Unfall mit der Urne erzählt." Die Frau neben ihm lächelte mich freundlich an.

„Wusstest du, dass es gerade eine Einbruchsserie im Okanagan Valley gibt?"

„Nein. Das bei mir war aber kein Einbrecher, sondern ein Waschbär", brummte ich. Schnell versuchte ich, meinen Ton wieder sanfter klingen zu lassen. Er konnte ja nichts dafür, dass ich schlechte Laune hatte. „Entschuldigt bitte. Der Wein." Ich hielt mein leeres Glas in die Höhe. Tobias und Mrs Avery lächelten verständnisvoll.

„Wie lange möchtest du noch bleiben?", fragte ich Tobias.

„Oh", er warf einen Blick auf seine Armbanduhr. „Es ist noch keine neun Uhr. Willst du schon gehen? Es ist gerade so nett. Nicht wahr, Eliza?"

Mrs Avery lachte herzlich.

„Aber wenn du unbedingt gehen willst, dann gehen wir." Er griff nach seinem Jackett, das neben ihm auf einem Hocker lag. „Lass gut sein, Tobias. Wir bleiben noch ein wenig." Ich brachte es nicht über mich, die beiden zu trennen. Tobias sah so glücklich aus.

„Bist du dir sicher?"

„Na klar. Ich genehmige mir noch einen Drink mit ..." Rasch suchte ich den Raum nach bekannten Gesichtern ab. Ich ließ Tobias mit Mrs Avery allein und setzte mich zu Stacey und Sam an den Tisch.

„Ellie." Stacey lächelte matt. „Sean hat's echt drauf, was?"

Ich starrte sie übelnehmend an. Was bitte wollte sie mir damit sagen?

„Macht seinen eigenen Wein. Der wird bestimmt mal mega wertvoll."

„Ja, der Mann ist der Hammer", nuschelte ich tonlos und griff nach der Flasche auf dem Tisch. Ich schenkte mir reichlich ein. Wenn ich schon bleiben und Sean und Jessica beim Turteln zuschauen musste, würde ich das auf keinen Fall nüchtern tun. Ich trank zwei Gläser hintereinander auf ex. Allmählich spürte ich die wärmende und enthemmende Wirkung des Alkohols.

Wie es der Zufall wollte, kamen Jessica und Sean gerade an unserem Tisch vorbei. Ich senkte den Blick und griff nach der neuen Flasche, die Sam organisiert hatte – wild entschlossen, mir die Kante zu geben. Lallend heulte ich mich bei Stacey darüber aus, die Liebe meines Lebens verloren zu haben, ohne dabei Seans Namen zu erwähnen. Sie war zu jung, um zu wissen, dass wir einmal ein Paar gewesen waren. Also jammerte ich drauflos, beschwerte mich über die Ungerechtigkeit des Schicksals, gegen das wir machtlos waren.

Nach einer Weile hatten sich Freunde von Stacey um mich geschart. Gebannt lauschten sie den schonungslosen Berichten über meine entgleiste Jugend. Völlig ungeniert teilte ich meine Lebenserfahrung mit ihnen, und sie schienen fasziniert.

„Meinst du nicht, du hast genug getrunken?" Sean hatte sich auf einmal über meine Schulter gebeugt. Bevor ich reagieren konnte, hatte er mir mein Glas aus der Hand genommen. Zeitverzögert wandte ich mich wieder an meine Zuhörer. „Ich sag doch, das Schicksal schlägt immer dann zu, wenn man gerade mittendrin ist", verriet ich ihnen angeheitert und in gesenkter Lautstärke.

„Ich bin also dein Schicksal?", hakte Sean amüsiert nach.

Ich kniff die Lippen zusammen. „Ups ..." Ich lächelte schief. „Das nimmt er mir jetzt übel."

Sean setzte sich neben mich und trommelte mit den Fingern ungeduldig auf die Tischplatte. „Würdest du kurz mit mir an die frische Luft gehen?"

„Wenn du drauf bestehst." Ich rappelte mich vom Stuhl hoch. Sean packte mich am Arm, nahm im Vorbeigehen meinen Mantel vom Haken und brachte mich nach draußen. Meine Lunge füllte sich mit der kalten Nachtluft. Plötzlich drehte sich alles. Sean führte mich vom Eingang weg, zur Hollywoodschaukel unterhalb der Veranda. Unbeholfen plumpste ich ins Sitzkissen.

„Warte hier", sagte er und verschwand für einen Augenblick. Wenig später kehrte er mit einem Glas Wasser und einer Wolldecke zurück. Er reichte mir das Glas und legte mir die Decke um die Schultern. „Geht es so?“, fragte er fürsorglich.

Ich nickte stoisch.

„Ellie, was machst du denn?“ Er hockte vor mir, um mir in die Augen sehen zu können. „Willst du dich etwa abschießen?“

Ich hob die Schultern. „Möglicherweise hatte ich ein Glas deines preisverdächtigen Weines zu viel“, murrte ich niedergeschlagen.

Er setzte sich neben mich und brachte die Schaukel ins Wanken, was mir ein ungutes Gefühl im Magen bescherte.

„Solltest du nicht bei Jessica sein?“

„Sie ist beschäftigt. Hat jemanden gefunden, mit dem sie über Immobilien diskutieren kann. Robert Kemmel, einen der Juniorchefs.“

„Ihr Chef ist auch hier?“

Er nickte.

„Was ist das zwischen euch?“ Der Alkohol ließ mich Dinge fragen, die ich mich normalerweise nicht zu fragen getraut hätte. Ich ging aufs Ganze. „Warum sie?“

Sean sah mich an, dann blickte er vor sich in die sternenklare Nacht hinaus. „Ich war lange allein, Ellie.“

„Aber das kann doch nicht dein Grund sein, mit jemandem zusammen zu sein.“

Er schluckte hörbar. „Nachdem du weg warst, kam ich mir ziemlich verloren vor. Ich weiß, es klingt albern, aber ich habe mir eingeredet, dass ich nur mit dir der Sean wäre, den die Menschen sehen wollen.“

„Das klingt wirklich albern.“

„Sag ich doch.“

„Und traurig.“

Sein Blick glitt langsam über mein Gesicht. „Eine zeitlang habe ich geglaubt, nie wieder jemanden zu finden, der mir ein gutes Gefühl gibt. Dann kam Jessica.“

„Hurra“, rutschte es mir heraus. Rasch verbesserte ich mich. „Ich meine ... wie schön.“

„Das mit uns ist anders. Es ist kein Feuerwerk, kein Ich-kann-an-nichts-anderes-mehr-denken-Gefühl. Es ist nicht wie Schlittschuhlaufen mit dir. Mit Jessica habe ich immer festen Boden unter den Füßen.“

Seine Worte brannten sich schmerzvoll in mein Herz. Ich war ihm zu unsicher.

„Bei jemandem wie ihr brauchst du keine Angst zu haben, sie könnte irgendwann einfach in ein anderes Land verschwinden. Sie kommt aus einer guten Familie, sie bringt einiges an Sicherheit mit und ist nicht so verkorkst wie ...“, begann ich.

„Du bist nicht verkorkst, Ellie!“, widersprach er mir, ohne dass ich den Satz zu Ende gebracht hatte.

„Ich verstehe dich, Sean. Einerseits. Andererseits auch wieder nicht. Wie kannst du glauben, dass Sicherheit allein dich glücklich machen könnte?“

„Es ist nicht nur das.“

„Was dann?“

„Sie kam im richtigen Moment in mein Leben, Ellie. Ich habe ihr ein Versprechen gegeben, weil ich das Gefühl hatte, es sei richtig.“

„Man kann sich auch irren. Es ist nicht schlimm, wenn man seine Meinung ändert.“

„Nein, vermutlich nicht.“

„Was, wenn ich meine Meinung änderte? Was, wenn ich mich entscheiden würde zu bleiben?“ Ich setzte alles auf eine Karte.

Sean bedachte mich mit einem erstaunten Blick. Nur eine Sekunde später wandte er sich seufzend ab, stützte die Hände auf seine Knie und atmete lautstark aus. „Das ist nicht so einfach, Ellie. Nicht mehr.“

Ernüchtert verschränkte ich die Arme vor der Brust. „Okay“, raunte ich, bemüht um einen Ton, der nicht verriet, wie verletzt ich war.

„Es ist … schwierig“, stammelte Sean mit Blick in die Ferne.

„Na ja, auch für schwierige Dinge findet sich meist eine Lösung. Das hat mir mal jemand sehr Weises gesagt.“

Er lächelte matt. „Schön zu hören, dass du seinen Rat verinnerlicht hast.“

„Natürlich hab ich das.“ Ich legte meine Hand auf seinen Rücken, um ihn dazu zu bewegen, mich anzusehen. „Er kam schließlich von jemandem, den ich sehr liebe.“

Sean richtete sich auf und unsere Blicke begegneten einander. In seinen wunderschönen blauen Augen flammte etwas auf. War es die Gewissheit, die ich ihm endlich über meine Gefühle für ihn gegeben hatte? Ich hegte die Hoffnung, er würde mich an sich ziehen und mich küssen, so wie er es im Auto getan hatte. Aber so schnell wie der Moment gekommen war, war er auch wieder verflogen. In seinen Augen stand nun eine Hilflosigkeit, die ich nicht einzuordnen wusste.

„Ich muss wieder reingehen.“ Sean stand auf.

„Dann war es das also?“, fragte ich schneidend.

„Irgendwie schon“, stimmte Sean ernst zu.

Ich starrte ihn an. Niedergeschlagen und verwirrt zugleich. Rasch blinzelte ich die Tränen weg, die dabei waren, sich in meinen Augen zu sammeln. Es war genug. Ich konnte nicht mehr. „Du solltest jetzt wirklich zu ihr gehen." Ich zog die Nase hoch. „Zu Jessica."

Er schwieg. Für mich war das die Bestätigung. Das konnte keine Liebe sein. Er hatte mit meinen Gefühlen gespielt, mich nur benutzt, um der alten Zeiten willen. In Wahrheit hatte er nie vorgehabt, den sicheren Hafen, den er mit Jessica hatte, zu verlassen. Was hatte ich denn erwartet? Dass er alles stehen und liegen ließ, nur weil ich plötzlich zurück war? Er folgte seiner Vernunft, und dafür konnte ich ihn nicht hassen.

„Weinst du etwa ...?" Seine bergseeblauen Augen bohrten sich in meine. Mehrere Sekunden starrte ich in sein Gesicht.

„Nein." Ich wandte mich ab. Er sollte nicht sehen, wie gekränkt ich war. „Es ist nur die kalte Luft. Geh nur, bevor dein Vater dich ausrufen lässt." Ich zwang mich zu lächeln – nie zuvor war es mir schwerergefallen.

Nachdem er gegangen war, hielt ich Ausschau nach einem Loch im Boden, in das ich versinken konnte. Ich hatte Sean soeben mein Herz zu Füßen gelegt, ihm angeboten zu bleiben, weil mir die Wochen mit ihm gezeigt hatten, dass es das war, was ich wollte – was ich brauchte. Und er hatte rein nichts dazu zu sagen gehabt. Er stand zu der Frau, die für ihn dagewesen war, als ich es nicht sein konnte, und es gab nichts, was ich dagegen tun konnte. Er tat das Richtige. Das, was jeder anständige Mann tun würde, und auf eine merkwürdige, verquere Art und Weise war ich sogar stolz auf ihn. Es lag nicht in seinem Wesen, jemanden im Stich zu lassen, dem er etwas verdankte. Trotzdem schmerzte es mich unglaublich. Zu wissen, dass ich zu spät war, dass ich endgültig loslassen musste.

Ich hatte auf ganzer Linie verloren, gegen eine Frau, die ihm keine großen Gefühle schenkte, keine magischen Momente, dafür aber Sicherheit und eine Familie, die sich nicht gegenseitig zerriss. Für mich gab es keinen Grund mehr, noch länger zu bleiben. Meine Zeit war gekommen, Kanada zu verlassen. Und diesmal gab es kein Zurück mehr.

# Kapitel 15

Es war der vorletzte Tag des Jahres und mein letzter im Okanagan Valley. Die eisige Kälte hatte eine Pause eingelegt. Schon gestern war es ungewöhnlich warm gewesen. Dem Wetterbericht zum Trotz hatte es keinen neuen Schneefall gegeben. Christas letztem Wunsch nachzugehen stand nichts mehr im Wege. Trotzdem zögerte ich den Moment hinaus, an dem ich ihre Asche verstreute und klammerte mich an den Schuhkarton wie ein Kind an seine Mutter.

In den frühen Morgenstunden wurde ich durch lautes Gepolter geweckt. Sofort dachte ich an die Einbrecher, die Mrs Avery erwähnt hatte, und sprang aus dem Bett. Mein Herz klopfte so schnell gegen meinen Brustkorb, dass ich jeden Schlag in meinen Ohren wahrnahm. Hastig warf ich mir meinen Morgenmantel über, griff zitternd nach meinem Handy, bereit, den Notruf zu wählen. In der anderen Hand hielt ich Christas Baseballschläger, den ich in der Ecke neben dem Schrank gefunden hatte.

Vorsichtig ging ich in den Flur, machte das Licht an und stieg die Treppe hinunter. Unten war wieder alles still. Ich knipste sämtliche Lampen an, sah in jeden Winkel, ohne dass ich etwas Auffälliges entdecken konnte. Gerade überlegte ich, ob ich das Geräusch nur geträumt haben könnte, da hörte ich es wieder. Ein lautes Poltern. Als würde jemand Regale umwerfen. Diesmal war ich mir sicher zu wissen, wo es herkam. Mein Puls legte noch mal an Tempo zu, als ich in die Küche ging und mit angehaltenem Atem die Kellertür öffnete. Ich zog an der Lichtschnur und rief ein leises: „Hallo?" hinunter. „Wer ist da?", fragte ich wie in einem schlechten Horrorstreifen. Es war wieder still.

„Die Polizei ist schon auf dem Weg hierher", warnte ich den potenziellen Einbrecher und wünschte mir, diese wirklich gerufen zu haben. Von unten strömte eine bittere Kälte hinauf. Nichts schien sich zu rühren. Ich nahm all meinen Mut zusammen, stieg die Stufen hinunter um nachzusehen, was das Geräusch ausgelöst haben könnte.

Als ich im Keller ankam, sah ich das Chaos. Regale waren umgeworfen. Farbdosen lagen zwischen Werkzeugen und Gerümpel. „Was ist denn hier passiert?", raunte ich und blickte mich nach allen Seiten um. Eine Gänsehaut überkam mich. Es ging kaum gruseliger. Plötzlich hörte ich ein Quietschen aus einer Ecke kommend, die voller Kartons stand. Ich steckte mein Handy in die Tasche und festigte den Griff um den Baseballschläger. „Wer auch immer hier ist ... ich bin bewaffnet!", drohte ich, um einen furchtlos klingenden Ton bemüht. Ich ging näher auf die raschelnden Kartons zu, als mir plötzlich fauchend ein Waschbär daraus entgegensprang. Mir blieb vor Schreck fast das Herz stehen. Panisch quiekend lief er umher, auf der Suche nach einem Ausgang aus dem Keller. Schnell öffnete ich das zweittürige Kellertor und scheuchte den verängstigten Eindringling ins Freie. Nachdem er entkommen war, schloss ich die maroden Holztüren wieder und ließ den

Schläger sinken. Erleichtert stützte ich meine Hände auf die Knie und atmete tief durch. Dieser Waschbär war wirklich anhänglich, dachte ich, während ich das Chaos erfasste. Er hatte seine Chance gesehen und war zurückgekommen. Wie schon beim ersten Mal hatte er ganze Arbeit geleistet. Dass er sich erneut Zutritt verschaffen konnte, war meine Schuld gewesen. Bei all dem Trubel hatte ich völlig vergessen, Tobias wegen des Falltors zu fragen. Für den Waschbären musste das marode Holz einer Einladung gleichgekommen sein. Wie sollte ich nur den Keller bis zu meinem Abflug wieder in Ordnung bringen?

Mein Herz polterte immer noch wie verrückt. An Schlaf war ohnehin nicht mehr zu denken, weshalb ich beschloss, die gestohlenen Morgenstunden sinnvoll zu nutzen und Ordnung zu schaffen. Ich richtete die Regale auf, verstaute Farben und Werkzeuge darin. Inmitten der Sachen, die der Waschbär durcheinandergebracht hatte, lag aufgeschlagen ein altes Fotoalbum. Ich bückte mich danach, hob es vom Boden auf und stutzte. Das Album sah ich zum ersten Mal, ebenso wie das Bild, das auf einer der aufgeschlagenen Seiten zu sehen war und sofort meine Aufmerksamkeit auf sich zog. Es zeigte die junge Christa vor einem Baum stehend, der dem am Ufer des Okanagan verblüffend ähnlich sah. Neben ihr stand ein Mann. Er hatte den Arm um sie gelegt. Beide blickten einander verliebt an. Ich presste es mir dichter vors Gesicht.

„Das kann nicht wahr sein!", flüsterte ich, von einer weitreichenden Erkenntnis übermannt. Ich nahm das Foto aus dem Album und drehte es herum.

*Marcus und ich im Juli 1983.*

Augenblicklich erstarrte ich, denn ich glaubte den Mann darauf zu kennen. Er war jünger, aber ich hatte keine Zweifel, dass er es war.

„Jo?", brachte ich erstickt heraus. Plötzlich schossen mir Worte durch den Kopf, die am Weihnachtsabend gefallen waren. Seine niedergedrückte Stimmung, die Ratschläge, die er mir gegeben hatte. Und die Dinge, die er gesagt hatte, bekamen plötzlich eine vollkommen andere Bedeutung. Auf der anderen Seite des Albums war ein weiteres Bild von diesem Tag. Darauf war neben Jo und Christa auch Bill zu sehen. Ich wollte keine voreiligen Schlüsse ziehen, aber diese Fotos waren doch recht eindeutig. Plötzlich schien alles irgendwie zusammenzupassen. Ich hatte die Hoffnung darauf, den geheimnisvollen Briefeschreiber zu finden, bereits begraben. Jetzt musste ich feststellen, dass er die ganze Zeit direkt vor meiner Nase gewesen war!

Ich stürmte die Kellertreppe hoch. Das Album unter dem Arm, wählte ich Seans Nummer. Auch wenn ich noch nicht wusste, wie ich es ihm erklären sollte.

Das Telefon klingelte und ich schnappte nach Luft.

„Hallo?", meldete sich Sean schlaftrunken.

„Sean!" Ich keuchte in den Hörer. „Ich weiß, es ist noch sehr früh."

„Ellie!" Er klang erleichtert, von mir zu hören.

„Es kann nicht warten. Ich habe etwas gefunden. Es geht um die Briefe. Ich glaube, ich weiß, wer M ist."

Stille.

„Können wir uns treffen?"

„Ja ... natürlich. Ich bin gleich bei dir." Er legte auf.

Nur zwanzig Minuten später war er da. Er wirkte aufgewühlt. Hatte er bereits eine Ahnung, womit ich ihn konfrontieren würde?

„Was hast du gefunden?", fragte er im Wohnzimmer stehend.

„Es ist wohl besser, du setzt dich."

„Okay." Er befolgte meinen Rat und nahm auf dem Sofa Platz.

„Warum machst du es denn so spannend?"

Ich holte tief Luft, bevor ich begann. „Sagt dir der Name Marcus irgendetwas?"

„Ellie, was hast du gefunden?", wiederholte er seine Frage tonlos, aber mit einer gewissen Anspannung.

Zögernd zeigte ich ihm die Fotos, die ich im Keller entdeckt hatte. Eine Weile starrte er ungläubig darauf, wendete das Bild, auf dem sein Vater mit Christa zu sehen war, dann führte er schockiert eine Hand an seine Stirn.

„Das beweist gar nichts", wisperte er nach einer Weile.

Ich trat neben ihn, nahm das Foto aus seinen kraftlosen Fingern.

„Ich glaube, es beweist alles", sagte ich vorsichtig, jedoch mit einer Gewissheit, die Sean zu mir aufblicken ließ.

„Hat dein Vater einen Zweitnamen?"

Sean stierte vor sich. „Kaum jemand weiß davon. Er hat ihn nie besonders gemocht."

„Christa schien ihn sehr gemocht zu haben."

Sean schüttelte den Kopf. Fahrig stand er auf.

„Ich muss zu ihm. Sofort!" Seine Augen bildeten eine finstere Linie.

„Ich werde dich begleiten.“

„Nein!“, sagte er bestimmt. „Das ist etwas zwischen mir und meinem Vater.“

Er rauschte hinaus, das Foto von Jo und Christa nahm er mit.

„Sean!“, rief ich ihm nach. „Bitte tu nichts Unüberlegtes!“

Er reagierte nicht auf mich, stieg in seinen Wagen und raste mit durchdrehenden Reifen davon.

Ich spürte einen dicken Kloß im Hals. Was hatte ich getan? Was sollte ich jetzt machen? Ich wollte nicht schuld daran sein, dass sich Sean und Jo am Ende nichts mehr zu sagen hätten. Eilig rief ich Tobias an, erklärte ihm in Kurzfassung worum es ging. Er holte mich ab. Gemeinsam fuhren wir zum *Wheaton*. Jo hatte ihm gesagt, dass er am Morgen dort sein würde, um die letzten Spuren seiner Geburtstagsparty zu beseitigen.

Als wir am Restaurant ankamen, hörten wir, wie sich Vater und Sohn lautstark stritten. Wir kamen zu spät. Sean hatte nicht auf mich gehört und Jo direkt mit den Bildern und den Briefen konfrontiert. Er warf mit Anschuldigungen um sich, bei denen mir das Herz stehenblieb.

„Du hast sie betrogen! Und Mum hat es gewusst!“, schrie er ihm entgegen. Er schien die Kontrolle zu verlieren.

„Du bist an allem schuld!“, brüllte er. „Onkel Bill hat mir gesagt, Mum hätte Christa kurz vor ihrem Tod besucht. Ich konnte es mir nicht erklären ... bis jetzt! Du hast Mum auf dem Gewissen!“

Dieser Vorwurf ging mir durch Mark und Bein.

„Dass das passiert, habe ich nie gewollt!", schrie Jo aufgebracht.

Tobias und ich standen vor der Veranda und tauschten erschrockene Blicke.

„Das werde ich dir nie verzeihen! Nie!", donnerte Sean. Stühle wurden umgeschmissen, Gläser gingen scheppernd zu Bruch.

„Einer von uns sollte da reingehen und sie auseinanderbringen, bevor sie sich gegenseitig umbringen", sagte Tobias und machte einen Schritt auf die Tür zu.

In dem Moment als er die Hand an der Klinke hatte, riss Sean die Tür auf. Tobias sprang zur Seite.

„Lass es mich erklären!", bat Jo, der hinter Sean aus der Tür eilte und seinen Sohn am Arm zurückzog. Dieser befreite sich ruckartig aus dessen Griff.

„Es gibt nichts zu erklären!", schrie Sean erbarmungslos. „Du hast mich belogen! Du hast uns alle belogen!" Er verpasste seinem Vater einen Stoß. Jo taumelte zurück und suchte am Türrahmen Halt.

„Beruhige dich, Sean", ermahnte Tobias ihn.

„Warum hast du das getan?" Sean sah seinen Vater fordernd an.

Dieser sagte nichts.

„Sean!", stieß ich aus, aber auch ich konnte nicht zu ihm durchdringen. Jo ließ alles über sich ergehen. Ich sah ihm an, wie zerrüttet er war.

„Antworte mir endlich!", schrie Sean Jo entgegen und verpasste ihm einen weiteren Stoß. Nie zuvor hatte ich ihn derart in Rage gesehen. Wut und Trauer ließen ihn alles vergessen.

„Sean, hör auf!", flehte ich ihn an, doch er hörte nicht auf mich. Stattdessen verpasste er Jo einen weiteren härteren Stoß, der seinen Vater von den Füßen riss. Jo fiel rücklings auf den Fußboden.

„Es reicht jetzt, Sean!", wies ihn Tobias streng zurecht und hielt ihn an den Armen zurück.

Sean sah auf seinen Vater herab. Seine Wangen waren tränennass, als er strafend mit dem Finger auf ihn zeigte. „Deinetwegen hat sie sich umgebracht!"

Jo rappelte sich auf und seufzte bitterlich. „Deine Mutter und ich hätten nie heiraten dürfen. Unsere Ehe war von Anfang an zum Scheitern verurteilt. Ich weiß, du willst das jetzt nicht hören, aber ich will endlich ehrlich sein. Diese ganze Last trage ich schon viel zu lange mit mir herum." Er klang zutiefst bedauernd.

Sean hatte die Hände in die Hüfte gestemmt. Er funkelte seinen Vater an, der bemüht war, im Gesicht seines Sohnes Verständnis zu erhaschen.

„Wir waren nicht glücklich, Sean. Weder sie noch ich."

„Und dann hast du dir einfach eine Freundin zugelegt", sagte Sean spitzzüngig.

„So war das nicht."

„Ach nein?"

„Christa und ich kannten uns schon vorher. Wir haben einander kennengelernt, als sie das erste Mal in Kanada war. Sie war meine erste große Liebe. Als sie nach Deutschland zurückkehrte, wusste ich nicht, ob sie je wieder zurückkommen würde. In der Zeit traf ich deine Mutter. Vier Jahre später kam Christa zurück und sagte mir, sie hätte beschlossen hierzubleiben. Für immer. Damit hatte ich nicht mehr gerechnet. Da war ich gerade frisch verheiratet und deine Mutter erwartete dich. Es war nicht geplant, dass Christa und ich uns erneut verlieben. Es ist einfach passiert." Er schüttelte den Kopf und korrigierte sich: „Eigentlich haben wir nie aufgehört, ineinander verliebt zu sein."

„Verschone mich mit diesem Gerede", maulte Sean.

„Wir nahmen uns vor, freundschaftlich miteinander umzugehen", fuhr Jo fort. „Christa ging mir aus dem Weg, weil sie wusste, dass es gefährlich für uns beide werden würde, sobald wir zusammen waren. Aber das Schicksal ging merkwürdige Wege. Zufällig trafen wir immer wieder aufeinander. Zu der Zeit waren wir beide in einer Beziehung."

„Ich will das nicht hören!" Sean verbarg das Gesicht unter seinen Händen.

„Deine Mutter und ich lebten damals schon nur nebeneinander her. Da war nichts mehr zwischen uns außer dem vergeblichen Warten auf Besserung. Wir waren beide unzufrieden und frustriert. Sie hasste meine Idee vom eigenen Restaurant. Und setzte mich unter Druck, meinen Collegeabschluss zu beenden. Niemand hatte etwas geahnt. Christa und ich wollten es nicht wahrhaben, aber irgendwann konnten wir nicht mehr dagegen ankämpfen."

„Sei still", stieß Sean aus.

Jos reuiger Blick glitt kurz zu mir. „Und ich habe es nicht geschafft, ihr gerecht zu werden. Ich habe so ziemlich alles falsch gemacht. Ich hätte deine Mutter freigeben müssen, Sean – auch wenn sie es nicht wollte. Ich weiß, im Herzen hat sie gewusst, dass wir nicht zueinander gehörten."

Sean schnaufte aus. Der Zorn war aus seinen Augen gewichen. „Was hat Mum Christa gesagt, als sie bei ihr war?"

„Ich weiß es nicht." Jo schüttelte den Kopf. „Vermutlich wollte sie ihr den Kontakt mit mir verbieten. Deine Mum konnte sehr überzeugend sein."

Sean sah zu mir.

„Ich habe Furchtbares getan", raunte Jo. Er zitterte am ganzen Körper. Ich ging zu ihm, stützte ihn und brachte ihn zu einem Stuhl, damit er sich setzen konnte.

„Dinge, die ich nicht wiedergutmachen kann", fuhr er schluchzend fort. „Ich weiß, ich bin schuld, dass sie nicht mehr da sind. Margery und Christa. Und ihr könnt mir glauben, dass kein Tag vergeht, an dem ich mir nicht wünsche, ich wäre an ihrer Stelle."

„Jo", hauchte ich erschüttert.

Mit verweinten Augen stierte er vor sich hin. Er war ein gebrochener Mann. Ich dachte an die Briefe, die er Christa geschickt hatte. An die Sehnsucht in jenen Zeilen und empfand tiefes Mitgefühl mit ihm.

Sean hatte sich endlich beruhigt. Wir tauschten vielsagende Blicke. Sein Vater war kein skrupelloser, herzloser Ehebrecher, sondern jemand, der sein ganzes Leben zwischen Erwartungen und Hoffnungen gefangen gewesen war und nie die Chance hatte auszubrechen.

Jo nahm einen tiefen Atemzug nach dem anderen. Erst jetzt bemerkte ich, dass seine Lippen blau angelaufen waren. Er atmete schwer.

„Jo, ist alles okay?", fragte ich und ging neben ihn in die Knie.

„Er sieht irgendwie nicht gut aus", bemerkte Tobias besorgt.

Jo schnappte erstickt nach Luft, fasste sich an die Brust und riss die Augen weit auf.

„Dad?" Sean beugte sich über ihn. „Was hast du?"

Jo krümmte sich, dann brach er röchelnd zusammen.

„Sein Herz!", stieß Tobias aus.

„Hat er seine Pillen dabei?", fragte ich panisch.

„Dafür ist es jetzt zu spät", sagte Tobias. „Ich rufe einen Krankenwagen!"

Sean und ich legten Jo auf den Boden. Ich öffnete seinen Hemdkragen, damit er besser atmen konnte.

„Halte durch, Dad!", flehte Sean, der seinen Kopf abstützte. „Bitte halte durch!"

Als der Rettungsdienst wenige Minuten später eintraf, hatte Jo bereits das Bewusstsein verloren. Wir brauchten keine Ärzte zu sein, um zu wissen, dass es ernst war. Sean blieb auf dem Weg ins Krankenhaus an seiner Seite. Tobias und ich fuhren mit dem Auto hinterher. Es herrschte angespannte Stille. An Jos Zusammenbruch fühlte ich eine Mitschuld. Was, wenn er diesen Tag nicht überlebte? Hätte ich die Briefe doch bloß nie gefunden!

# Kapitel 16

Nachdem Jo auf der Intensivstation ärztlich versorgt worden war, unterrichtete man uns über seinen Zustand. Er hatte einen akuten Herzinfarkt erlitten. Es stand schlecht um ihn. Ich hatte es bereits geahnt.

Wir waren schon einige Stunden im Wartebereich des Krankenhauses, auf ein Wunder hoffend. Tobias war über einer Zeitschrift eingenickt.

Ich brachte Sean einen Becher Kaffee und setzte mich neben ihn.

„Ich habe das zu verantworten", murmelte er wie in Trance. „Was ist nur in mir vorgegangen? Was habe ich getan?" Er lehnte sich nach vorne und stützte das Kinn auf seine Hand. „Wenn er stirbt, werde ich mir das niemals verzeihen."

Ich legte den Arm um ihn. Er ließ sich von mir trösten.

Sean atmete matt, löste sich von mir, um mir ins Gesicht zu sehen. Wir blieben engumschlungen. So sehr, dass wir nicht bemerkten, wie sich uns jemand näherte. Erst ein Räuspern ließ uns aufschauen.

„Jessica!" Sean rückte von mir ab.

Sie schaute erzürnt zu mir, dann zu ihm. „Wann hattest du vor, mir zu sagen, dass dein Vater im Krankenhaus ist?"

Sean warf einen verwirrten Blick auf die Uhr, die im Wartebereich an der Wand hing. Mittlerweile war es halb zwölf am Vormittag.

„Woher weißt du …“

„Bill Sheperd hat mich angerufen. Er hat den Krankenwagen vom *Wheaton* wegfahren sehen.“

„Tatsächlich?“

Sie nickte aufgebracht.

„Sean, was ist hier eigentlich los?“ Sie verschränkte die Arme vor der Brust. „Und was macht sie überhaupt noch hier?“ Sie sprach über mich, als wäre ich nicht anwesend.

„Jessica, wir müssen uns unterhalten.“ Sean stand auf, führte Jessica auf den Flur, wo sie außer Hörweite waren.

„Na endlich“, sagte Tobias, der mittlerweile wieder wach geworden war, mit Blick auf Sean und Jessica.

„Was glaubst du, worüber sie reden?“

„Über das Unvermeidliche.“ Er klang sicher.

Kurze Zeit später dampfte Jessica beleidigt ab, und Sean kehrte zu uns zurück. Er nahm wieder neben mir Platz und schnaufte erleichtert aus.

„Was hast du zu ihr gesagt?“, fragte ich.

„Die Wahrheit“, antwortete Tobias für Sean.

Ich schaute Sean stirnrunzelnd an. Mein Herz raste.

Er drehte sein Gesicht zu mir und lächelte sanft.

„Die wäre?“, fragte ich ungeduldig.

Sean ergriff meine Hand. „Dass ich dich liebe und keine andere.“

„Ist das wahr?“ Ich lächelte erfüllt.

Sean sah mir tief in die Augen. „Ich war so dumm …“

„Genau wie ich. Sowas kommt schon mal vor.“

„Dein Flug ...“

„Ist gecancelt.“

Ein befreites Lächeln huschte über sein Gesicht. Er nahm meine Hand, führte sie an seine Lippen und presste ihr einen Kuss auf. Er kam mir nahe, und wir küssten uns. Warm und weich lagen seine Lippen auf meinen, und mein Herz wurde vom Glück überspült.

„Mr Wheaton?“

Gleichzeitig lösten wir uns voneinander und wandten uns Jos behandelndem Arzt zu. „Er ist wach. Sie können jetzt zu ihm.“

„Wie geht es ihm?“, fragte Sean mit zitternder Stimme.

„Ihr Vater ist stark. Er wird es schaffen.“

Sean atmete erleichtert durch. Auch mir fiel ein Stein vom Herzen. Wir standen auf.

„Ich warte so lange hier“, versicherte uns Tobias. „Richtet ihm meine Grüße aus, ja?“

„Machen wir“, versprach ich ihm.


Jo bekam Infusionen. Eine Sauerstoffmaske lag über seinem Mund und der Nase, darunter schimmerten seine noch immer bläulichen Lippen hervor. Als wir an sein Bett kamen, lächelte er müde.

„Dad“, Sean setzte sich zu ihm und nahm seine Hand, „es tut mir leid, bitte verzeih mir.“

Jo legte seine freie Hand über die seines Sohnes. Mit der anderen schob er seine Maske beiseite, um sprechen zu können. „Es gibt nichts ... zu ... verzeihen“, keuchte er stockend. „Ich bin derjenige ... der dich ... um Vergebung bitten muss.“

Sean nickte matt.

„Halte das Glück fest, mein Sohn." Jo hielt mir seine linke Hand hin. Entschlossen legte ich meine hinein. „Mach nicht denselben Fehler wie ich", bat er ihn. „Nichts ist schlimmer als ein einsames Herz."

„Ich weiß, Dad." Sean lächelte einsichtig, dann trafen sich unsere Blicke, und Jo schien zu verstehen, dass wir wieder zueinander gefunden hatten. Dass alles so war, wie es sein sollte.

„Du musst dich jetzt ausruhen."

Jo schüttelte erschöpft mit dem Kopf. „Ich kann mich später noch genug ausruhen. Jetzt will ich euch noch ein paar Dinge auf den Weg geben, bevor ich ..." Er hustete. Sean wollte ihm die Sauerstoffmaske aufsetzen, doch Jo drückte sie mit einer Hand weg.

„Du wirst noch oft Gelegenheit haben, uns etwas mit auf den Weg zu geben", sagte ich.

„Nehmt euch Zeit füreinander", hauchte Jo. „Wir haben nicht unendlich viel davon. Schiebt nichts auf. Man weiß nie, ob es ein Morgen gibt."

„Versprochen", sagten wir wie aus einem Mund.

Zufrieden blickte Jo hinauf zur Decke. Ich legte ihm die Sauerstoffmaske wieder an. Diesmal ließ er es zu.

„Ich habe noch etwas für dich", begann ich und übergab Jo Christas unfertigen Brief, den ich seit Wochen in meiner Tasche hatte. „Den habe ich im Haus gefunden. Er ist für dich bestimmt – von deiner Christa."

Jo schloss seine kraftlose Hand um das Papier.

„Sie wollte mit dir zusammen sein. Sie hat auf dich gewartet – all die Jahre. Christa hat dich sehr geliebt, Jo."

Seine Augen glänzten. Er presste den Brief an sein Herz. Ein Lächeln umspielte seinen Mund, als er seinen

Blick wieder zur Zimmerdecke richtete. Wehmütig betrachtete ich ihn, als er die Augen schloss.

„Wir lassen dich jetzt schlafen.“ Ich beugte mich über ihn und küsste ihn auf die Stirn.

„Ruh dich aus, Dad.“ Sean tat es mir nach. „Wir sehen uns später.“

***

Es war ein sonniger Märzmorgen. Seit einigen Tagen hatte es nicht mehr geschneit. Die Nächte brachten jedoch immer noch Minustemperaturen, weshalb der wenige Schnee, der noch den Boden bedeckte, mit einer glitzernden Eisschicht überzogen war. Es wehte ein leichter Wind, als wir uns am Waldrand versammelten, der die Grenze zur Pollard Ranch bildete. Wir waren unweit des Ortes, an dem Christa vor vielen Jahren ihrem Seelentier begegnet war. Dieser Platz schien mir ideal, um ihrem letzten Wunsch nachzukommen.

Ich freute mich, dass auch Bill war da, um sich von Christa zu verabschieden. Er hatte sich endlich mit seinem alten Freund versöhnt, der beinahe gestorben wäre. Beide hatten eingesehen, dass sie in ihrer Liebe zu Christa etwas gemeinsam hatten, das ihnen niemand nehmen konnte. Sie hatten sich ausgesprochen, und nun gehörte ihr Zwist endlich der Vergangenheit an.

Im Wald war es still. Alles lag noch im tiefen Schlummer, als wir ihn betraten. Schon bald würde der Frühling ihn in frisches Grün tauchen und alles würde wieder von neuem erstehen. Sean schob seinen Vater im

Rollstuhl neben mich. Jo hatte sich bereits gut von seinem Herzinfarkt erholt, war aber immer noch etwas schwach auf den Beinen.

Andächtig öffnete ich den Karton, in dem sich Christas Asche befand. Ich nahm eine Handvoll.

„Jetzt du." Ich hielt Jo die Kiste hin. Wehmütig griff er hinein, schloss seine Faust um die Asche seiner Liebsten und schaute zu mir auf. Ich nickte bestärkend.

„Leb wohl, Christa", sagte ich und hob den Arm in die Luft. Gleichzeitig mit Jo öffnete ich meine geschlossene Hand, während ich mit der anderen die restliche Asche dem Wind übergab. Er nahm sie mit sich und trug sie davon.

Gedankenversunken blickten wir eine Weile in den Wald hinein, der in dieser Jahreszeit wie verzaubert aussah. Nur eine Station des ewigen Kreislaufs des Lebens, in dem alles stetig wächst, verfällt und neu beginnt. Es war mir ein Trost zu wissen, dass Christa nun ein Teil davon sein würde.

# Kapitel 17



### *Anderthalb Jahre später*

„Du brauchst wirklich keinen Sunblocker. So heiß ist es hier nicht. Auch nicht im Sommer." Ich klemmte mir das Telefon in die Beuge zwischen Hals und Schulter.

„Kann ich so gehen?" Sean stand mit stolzgeschwellter Brust vor mir und wies auf das neue Logo des *Wheaton*, das an dem Kragen seines Poloshirts prangte. Es vereinte das Restaurant nun auch offiziell mit dem Weinbau. Ich hob den Daumen, nickte und drückte ihm einen Kuss auf.

„Nicht dass ich Sonnenbrand bekomme", hörte ich meine Mutter am anderen Ende der Leitung jammern.

„Das ist wie gesagt sehr unwahrscheinlich, aber zur Not haben wir hier auch Geschäfte, Mum."

Ich gab eine geschälte Banane auf einen Teller und zerdrückte sie mit einer Gabel.

„Soll ich noch schnell die Pferde versorgen?" Sean war auf dem Sprung.

„Nein, das mach ich, gleich nachdem ich Chris gefüttert habe. Lass die Gäste nicht warten. Wir kommen dann nach."

Plärrend machte unsere zehn Monate alte Tochter auf sich aufmerksam.

„Oh, was hast du denn, mein Engel?" Sean nahm sie aus dem Hochstuhl. In seinen Armen beruhigte sie sich sofort.

„Ich muss jetzt Schluss machen, Mum“, sagte ich schnell. „Wir holen euch dann morgen vom Flughafen ab.“

„Alles klar.“

„Ich freue mich auf euch!“

„Ich freue mich auch, Ellie. Bis dann.“

„Bis dann. Und guten Flug.“ Ich legte auf und nahm Sean Chris aus den Armen, die plötzlich mucksmäuschenstill war.

„Wo guckt sie denn hin?“ Sean folgte dem Blick unserer Tochter aus dem Küchenfenster. Ich schob die Gardine beiseite. Sean war hinter uns getreten. Gemeinsam schauten wir verwundert hinaus. Dort, am Rande des Waldes, stand ein großer brauner Grizzlybär auf seinen Hinterbeinen. Ich konnte es nicht fassen.

Chris giggelte fröhlich, als würde sie ihn bereits kennen.

„Könnte er es sein?“, erkundigte sich Sean, der die Geschichte über Christas Begegnung mit ihrem Seelentier ebenso gemocht hatte wie ich.

„Ja“, hauchte ich gerührt. „Ich glaube ganz fest daran.“ Sean umschlang mich fester.

„Musst du nicht ins Restaurant?“, fragte ich vorsichtig, denn er war bereits spät dran.

„Das hat Zeit.“ Er lehnte seinen Kopf an meinen und küsste mich, dann die kleine Chris, die ihren Namen ihrer außergewöhnlichen Großtante verdankte. Zusammen blickten wir dem Bären entgegen, der zwischen den knorrigen Bäumen am Waldrand verharrte, als wollte er sich selbst von dem Glück überzeugen, das auf Pollard Creek Einzug gehalten hatte. Sean und ich hatten die Stille und die Einsamkeit verjagt. Die Ranch, die

Christa mit so viel Herzblut aufgebaut hatte, war wieder zum Leben erwacht.

Der große braune Bär wartete noch eine Weile, den stolzen Blick auf das Haus gerichtet. Dann drehte er sich um und verschwand zwischen den tiefhängenden Ästen der Fichten.

„Ob wir ihn wiedersehen werden?", fragte ich wehmütig.

„Da bin ich mir sicher." Sean küsste erst mich, dann Chris auf die Stirn, die enttäuscht den Mund zu einer Schnute verzog, weil der Bär nicht mehr zu sehen war. Sean nahm sie mir aus dem Arm und hob sie wie ein Flugzeug in die Luft, um sie aufzuheitern.

Ich blieb noch ein wenig vorm Fenster stehen, schaute auf den Rand des Waldes und fühlte eine unendliche Dankbarkeit in mir: für den Besuch des Bären, der für uns eine besondere Bedeutung hatte. Ich wollte glauben, dass Christas Seele in den Tieren des Waldes weiterlebte, so wie es die Inuit erzählten.

Langsam wandte ich mich nach Chris' unbeschwertem Lachen um, welches das Haus erfüllte. Und wie ich Sean und unserem Kind beim Spielen zusah, flutete mich eine tiefe Zufriedenheit. Jos Worte hallten in meinem Innern wider: Nichts ist schlimmer als ein einsames Herz.

Ich war froh darüber, Christas und Jos Geschichte zu kennen, deren Lehre für mich kostbarer war als jeder Schatz. Das, was mich umgab, was mich ausmachte und beflügelte, war letztlich ihr geschuldet. Nur durch sie hatte ich gelernt, meine eigene Geschichte zu schreiben. Und das tat ich jeden Tag. Mutig, begeisterungsfähig, hingebungsvoll und wertschätzend. Ich hatte es in

der Hand. Und ich war gespannt zu erleben, wie sie ausgehen würde.